Rom, Anfang der siebziger Jahre: Der junge Leo Gazzarra kommt
aus Mailand in die Ewige Stadt, die ihm alles zu bieten scheint.
Ein befreundetes Paar überlässt ihm seine Wohnung und verkauft
ihm einen alten Alfa Romeo, ein anderer Freund verschafft
ihm einen Job beim »Corriere dello Sport«. Mühelos fast findet
er Anschluss, frequentiert die angesagten Bars und begegnet
eines Abends der so exzentrischen wie umwerfenden Arianna,
die sein Leben umkrempelt.

Gianfranco Calligarich hat mit »Der letzte Sommer in der Stadt«
einen Roman voller Wunder geschrieben, einen Roman,
der auf jeder Seite Fellinis »La Dolce Vita« und Paolo Sorrentinos
»La Grande Bellezza« heraufbeschwört und durch seine
schwindelerregende Unrast fasziniert.

GIANFRANCO CALLIGARICH, geboren 1947 in Asmara, Eritrea,
stammt aus einer Triestiner Familie. Er wuchs in Mailand auf,
bevor er nach Rom zog, wo er als Journalist und
Drehbuchautor arbeitet. 1994 gründete er das Teatro XX Secolo.
Die Originalausgabe von »Der letzte Sommer in der Stadt«
erschien 1973. Der Roman wurde in zwanzig Sprachen übersetzt.

Gianfranco Calligarich

DER LETZTE SOMMER IN DER STADT

Roman

btb

Die Originalausgabe erschien erstmals 1973 unter dem Titel
»L'ultima estate in città« bei Garzanti in Mailand.

Penguin Random House Verlagsgruppe FSC® N001967

2. Auflage
Genehmigte Taschenbuchausgabe September 2023,
btb Verlag in der Penguin Random House Verlagsgruppe GmbH,
Neumarkter Straße 28, 81673 München
produktsicherheit@penguinrandomhouse.de
(Vorstehende Angaben sind zugleich
Pflichtinformationen nach GPSR)

www.btb-verlag.de
www.facebook.com/penguinbuecher

FÜR
SARA CALLIGARICH

*Die erste große Katastrophe, die die Menschen
heimsuchte, war nicht die Sintflut, sondern die
Eintrocknung der Meere.*
SÁNDOR FERENCZI

*Wie er stieg und sank durchlief er die Stufen von
Alter und Jugend. Und trieb in den Wirbel.*
T. S. ELIOT

1   Übrigens läuft das immer so. Da tut einer alles, um sich rauszuhalten, und dann findet er sich eines schönen Tages, ohne zu wissen, wie, in einer Geschichte wieder, die ihn schnurstracks ans Ende bringt.

Was mich betrifft, hätte ich gern darauf verzichtet, ins Rennen zu gehen. Ich hatte alle möglichen Leute kennengelernt, Leute, die es weit gebracht hatten, und Leute, die es noch nicht mal geschafft hatten, überhaupt loszugehen, doch alle hatten früher oder später das gleiche, unzufriedene Gesicht, woraus ich geschlossen hatte, dass man dem Leben besser bloß zusah, allerdings hatte ich nicht mit dieser verdammten Ebbe im Portemonnaie an einem Regentag letztes Jahr zum Frühlingsanfang gerechnet. Alles andere kam, wie so was eben kommt, von allein. Damit das gleich klar ist, ich bin auf niemanden sauer, ich hatte meine Karten, und ich habe sie gespielt. So viel dazu.

Die Bucht hier ist übrigens grandios. Sie wird von einer Sarazenenfestung auf einer felsigen Landspitze beherrscht, die sich etwa hundert Meter ins Meer hineinzieht. Wenn ich zur Küste sehe, kann ich zwischen dem Grün der niedrigen Mittelmeervegetation die gleißende Umrandung des Strandes erkennen. Weiter hinten durchlöchert eine zu dieser Jahreszeit verlassene, dreispurige Schnellstraße mit ihren Tunneln eine in der Sonne schimmernde, felsige Bergkette. Der Himmel ist blau, das Meer sauber.

Ich hätte es nicht besser treffen können, was das angeht.

Ich habe das Meer immer geliebt. In meiner Neigung, über Strände zu wachen, der ich schon als Junge folgte, steckte wohl noch etwas von dem Impuls, der meinen Großvater dazu getrieben hatte, seine Jugend auf den Handelsschiffen des Mittelmeers zu verbringen, bevor er in Mailand strandete, dieser düsteren Stadt, und ein Haus mit Kindern vollstopfte. Ich habe diesen Großvater gekannt. Er war ein alter Slawe mit grauen Augen, der im Kreis zahlreicher Urenkel starb. Das Letzte, was er herausbrachte, war die Bitte um etwas Meerwasser, daher trug mein Vater als sein ältester Sohn einer meiner Schwestern auf, sich um sein Philateliegeschäft zu kümmern, und fuhr mit dem Auto los nach Genua. Ich fuhr mit. Ich war vierzehn, und ich weiß noch, dass wir die ganze Fahrt über kein Wort sprachen. Mein Vater redete nie viel, und da ich ihm schon Ärger mit der Schule machte, lag mir viel daran, den Mund zu halten. Es war die kürzeste meiner Reisen ans Meer, gerade lang genug, um eine Flasche zu füllen, und es war auch die sinnloseste, denn als wir zurückkamen, war mein Großvater so gut wie bewusstlos. Mein Vater wusch ihm das Gesicht mit dem Wasser aus der Flasche, doch ohne dass mein Großvater sich besonders darüber zu freuen schien.

Einige Jahre später war die Nähe zum Meer einer der Gründe, weshalb es mich nach Rom zog. Nach meinem Wehrdienst stand ich vor der Frage, was ich aus meinem Leben machen sollte, aber je mehr ich mich umsah, desto weniger konnte ich mich entscheiden. Meine Freunde hatten sehr konkrete Vorstellungen – einen Abschluss machen, heiraten und Geld scheffeln –, aber diese Aussicht fand ich schrecklich. Es waren die Jahre, in denen Geld in Mailand noch mehr zählte als sonst, die Jahre der Sorte von landesweiten Tricksereien, die auch als Wirtschaftswunder bekannt sind, und zufällig profitierte auch ich irgendwie davon. Das war, als eine medizinisch-literarische Zeitschrift, für die ich ab und zu einen fundierten, schlecht bezahlten Artikel schrieb, sich in der Lage sah, ein Büro in Rom zu eröffnen, und mich als Korrespondenten einstellte.

Während meine Mutter mit jedem nur möglichen Argument versuchte, mein Weggehen zu verhindern, sagte mein Vater nichts. Er hatte meinen Versuchen, mich in die Gesellschaft einzugliedern, stillschweigend zugesehen und sie mit den Erfolgen meiner älteren Schwestern verglichen, die in jungen Jahren Angestellte geheiratet hatten, tüchtige Kerle übrigens, und ich hatte, wie schon auf der Fahrt zum Wasser meines Großvaters, die Gelegenheit genutzt, um meinerseits zu schweigen. Wir redeten nie, er und ich. Ich weiß nicht, wer schuld daran war, ich weiß nicht mal, ob man überhaupt von Schuld sprechen kann, doch ich hatte immer das Gefühl, dass ich ihn irgendwie verletzt hätte, wenn ich ein direktes Gespräch mit ihm angefangen hätte. Der Krieg, der zweite, hatte ihn weit weggeschickt, ohne ihm auch nur eines der wohlbekannten Details zu ersparen, und niemand, dem so was zustößt, kann als derselbe heimkehren, der er vorher war. Trotz seiner stolzen Schweigsamkeit wirkte mein Vater immer so, als wollte er etwas vergessen machen, vielleicht, dass er als Wrack nach Hause gekommen war und uns mitansehen ließ, wie sein großer Körper sich unter den Stromstößen von Elektroschocks wand. In gewisser Weise war das auch so, und als junger Bursche verzieh ich ihm weder seinen unheroischen Beruf noch seine Ordnungsliebe, noch seine übertriebene

Achtung vor den Dingen, ohne dass ich etwa begriffen hätte, welche entsetzliche Verheerung er erlebt haben musste, um sich noch am Tag seiner Rückkehr aus dem Krieg daranzumachen, mit grenzenloser Geduld einen alten Küchenstuhl zu reparieren. Und doch bewahrt er noch heute, nach fast dreißig Jahren, etwas von dem Soldaten in sich, die Geduld, die Tendenz, seine Stirn erhoben zu halten, die Angewohnheit, keine Fragen zu stellen, und noch heute lässt mich nichts – und wenn er mir nur das gegeben hätte – die Unerschrockenheit vergessen, die ich als Kind gespürt hatte, wenn ich neben ihm ging. Denn noch heute kann mich der Gang meines Vaters mehr als alles andere geradewegs in die Kindheit zurückversetzen, noch heute kann ich, sogar in der grünen Weite, die mich jetzt umgibt, wunderbar an seine Seite zurückkehren, wenn ich an seinen kräftigen, weichen und gegen Müdigkeit offenbar gefeiten Schritt zurückdenke, den Schritt der langen Verlegungsmärsche, den Schritt, der ihn sogar irgendwie zurück nach Hause hatte bringen können.

Ich fuhr also nach Rom, und eigentlich wäre alles glattgegangen, wenn mein Vater nicht mit einem absolut unerwarteten Verzicht auf seinen Stolz den Wunsch gehabt hätte, mich zum Bahnhof zu bringen und bis zur Abfahrt des Zuges am Gleis zu warten. Es war ein langes, unerträgliches Warten. Sein großes Gesicht glühte von der Anstrengung, die Tränen zurückzuhalten. Wir sahen uns schweigend an, wie immer, doch mir war klar, dass wir uns gerade Lebewohl sagten, und alles, was ich tun konnte, war, zu beten, dass der Zug losfuhr und diesem herzzerreißenden Blick, den ich noch nie bei ihm gesehen hatte, ein Ende machte. Er stand reglos auf dem

Bahnsteig, zum ersten Mal kleiner als ich, sodass ich bemerkte, wie dünn das Haar auf seinem Kopf geworden war, den er immer wieder umwandte, um einen raschen Blick auf das Signal am Gleisende zu werfen. Er stand mit seinem großen Körper starr und breitbeinig da, als bereitete er sich darauf vor, einen Schlag abzufangen, die Hände wie Gewichte in den Manteltaschen, mit feuchten Augen und rotem Gesicht. Und während mir endlich klar wurde, dass es durchaus etwas bedeutete, der einzige Sohn zu sein, während ich den Mund öffnen und ihm zuschreien wollte, dass ich aussteigen und zu ihm kommen wolle und wir schon einen Weg finden würden, unsere Leben in Ordnung zu bringen, ohne sie zu zerstören, gab es einen kleinen Ruck, und der Zug setzte sich in Bewegung. So wurde ich, wiederum schweigend, von ihm fortgerissen. Ich sah, wie sein großer Körper zusammenzuckte, als der Zug anfuhr. Dann sah ich ihn kleiner werden, während ich mich entfernte. Er rührte sich nicht, winkte nicht. Dann verschwand er vollends.

Meine seriöse Phase währte nicht lange. Ich wurde nach einem Jahr entlassen, ein Zeitraum, der, offen gestanden, noch kürzer hätte ausfallen dürfen. Der kleine Passivposten der römischen Redaktion wurde als letzter abgeschafft, bevor die Zeitschrift zusammen mit dem Wunder, das ihr Sprießen ermöglicht hatte, ihre Pforten schloss. Das Büro, in dem ich arbeitete – es ging darum, der Zeitschrift ein bisschen Werbung zu verschaffen und von Zeit zu Zeit einen Artikel zu schreiben, der dem unerklärlichen Sinn der Ärzte für Literatur schmeichelte –, war mit Möbeln ausgestattet, die mit rotem Damast bezogen waren, und lag in einer Villa aus der zweiten Hälfte des 19. Jahrhunderts gleich hinter der Tibermauer.

Ihr Eigentümer war Graf Giovanni Rubino di Sant'Elia, ein vornehmer Herr um die fünfzig mit einer zwanglosen, leicht affektierten Art. Nachdem er anfangs auf Abstand geblieben war, als käme er nur zu mir, um die Glastür zum Garten zu öffnen und mir den Duft seines Flieders zugutekommen zu lassen, landete er schließlich immer öfter im Sessel vor meinem Schreibtisch und verweilte bei Gesprächen, deren Vertrautheit mit der Offenbarung seiner wirklichen finanziellen Verhältnisse wuchs. Als er mir sagte, dass er komplett bankrott sei, beschlossen wir, uns zu duzen.

Er wohnte mit seiner Frau, einer pummligen und wegen der beschränkten Finanzen ihres Mannes orientierungslosen Blondine, im hinteren Teil des Hauses und öffnete nur dem Bäckerjungen, und seit er sich an der Tür einem Kerl gegenübergesehen hatte, der den wundervollen vergoldeten Tisch aus dem Salon gepfändet hatte, war ich gezwungen, für die beiden die Rolle eines etwas tollpatschigen Sekretärs zu spielen. Doch ich tat es gern. Vor allem für ihn. Ich mochte es, wie er in mein Büro kam, seine grauen Schläfen mit der Hand glattstrich und dann mit einem knappen Ruck aus den Ellbogen die Manschetten seines makellosen Hemdes aufblitzen ließ. »Und?«, sagte er. »Wie sieht's aus, noch bei der Arbeit?« Da deckte ich die Schreibmaschine ab und holte die Flasche raus. Er redete, wie ein Mailänder es getan hätte, nie über seine Geldsorgen, sondern nur über Angenehmes, über Aristokraten, Prominente und vor allem über Frauen und Pferde, wobei er manchmal Witze erzählte, die so anzüglich waren, dass seine Augen glänzten.

Mit Beginn des Sommers gewöhnten wir uns an, in den Salon rüberzugehen, und wenn die Sonne diesen Teil des Hauses verließ, spielte der Graf vor Wänden, die die hellen Schatten der weggeschafften Möbel bewahrten, auf einem großen Steinway, und ich, eingesunken in das letzte noch vorhandene Sofa, hörte ihm zu. Jeden Nachmittag rief ich, sobald die ersten Noten erklangen, in der Bar an, um eisgekühltes Bier zu bestellen, und ging zu ihm. Da saß er, hingebungsvoll. In einem alten Morgenmantel aus Seide holte er sein Repertoire hervor, alte Songs, die ich bei meiner Mutter gehört hatte, Stücke von Gershwin und Cole Porter, vor allem aber den amerikanischen Song *Roberta*. Manchmal sangen wir zusammen.

Am ersten Herbsttag jenes Jahres kam der Brief, der das Büro schloss. Ich teilte es dem Grafen mit, der sich auf den Flügel stützte und lächelte: »Tja, mein Lieber«, sagte er, »und was machst du jetzt?« So sprach er, doch ich hätte begreifen müssen, dass es für ihn ein Todesstoß war. Zwei Tage später, als ich meinen Papierkram zusammensuchte, klingelte es an der Tür, und vier entschlossen wirkende Arbeiter luden sich den Flügel auf die Schultern und trugen ihn weg. Sie hatten Mühe, ihn durch das Tor zu bugsieren, und der alte Steinway musste ein paar Mal angeeckt sein, denn von der Straße klang seine Stimme wie eine Totenglocke herauf. Solange diese Aktion lief, kam der Graf nicht aus seinem Zimmer, doch als ich der sichtlich ergriffenen Gräfin die Hand drückte und ebenfalls fortging, entdeckte ich ihn am Fenster, wo er grüßend die Hand hob. In seiner Geste lag etwas so Unerschütterliches, dass ich ihm auf die einzige Art antwortete, die ich für angemessen hielt. Ich stellte meine Tasche auf dem Gehweg ab und verbeugte mich.

Nach der Schließung des Büros blieb ich noch einige Tage im Hotel, um über meine Zukunft nachzudenken. Alles, was mir die Bekanntschaften, die ich über die Zeitschrift gemacht hatte, anbieten konnten, war eine Anstellung in einem Pharmaunternehmen außerhalb der Stadt, wo ich von morgens um neun bis abends um sechs hätte Werbetexte schreiben müssen. Ich beschloss, darauf zu warten, dass etwas passierte. Wie ein Aristokrat während einer Belagerung.

Jeden Tag stattete ich dem Meer einen Besuch ab. Mit einem Buch in der Jackentasche nahm ich den Zug nach Ostia und verbrachte einen großen Teil des Tages lesend in einer kleinen Trattoria am Strand. Dann kehrte ich in die Stadt zurück und lungerte an der Piazza Navona herum, wo ich Freunde gefunden hatte, alles Leute, die sich wie ich herumtrieben, Intellektuelle hauptsächlich, mit erwartungsvollen Augen und Gesichtern wie auf der Flucht. Rom war unsere Stadt, sie duldete und umschmeichelte uns, und auch ich erkannte schließlich, dass sie trotz der Gelegenheitsjobs, trotz der Hungerwochen, trotz der feuchten, dunklen Hotelzimmer mit den vergilbten, knarrenden, wie von einer obskuren Leberkrankheit getöteten und ausgetrockneten Möbeln der einzige Ort war, an dem ich leben konnte. Und doch kann ich, wenn ich an jene Jahre zurückdenke, nur wenige Gesichter, wenige Ereignisse scharfstellen, denn Rom birgt einen besonderen Rausch in sich, der die Erinnerungen verbrennt. Mehr noch als eine Stadt ist Rom ein geheimer Teil von euch, ein verstecktes Raubtier. Mit ihm gibt es keine halben Sachen, entweder die große Liebe, oder ihr müsst da weg, denn das fordert das sanfte Raubtier: Liebe. Das ist der einzige Wegzoll, der euch abverlangt wird, egal, woher ihr kommt, ob von den grünen, gewundenen Straßen des Südens, von den Berg-und-Tal-Geraden des Nordens oder aus den Abgründen eurer Seele. Wenn ihr die Stadt liebt, wird sie sich euch darbieten, wie ihr sie euch wünscht, ihr braucht euch nur den umspülenden Wellen der Gegenwart zu überlassen, in unmittelbarer Nähe eures rechtmäßigen Glücks dahindümpelnd. Und da werden lichtdurchstochene Sommerabende für euch sein, beschwingte Frühlingsmorgen, Tischdecken in den Cafés wie im Wind flatternde Mädchenröcke, strenge Winter und endlose Herbste, in denen sie euch wehrlos und krank erscheinen wird, erschöpft und voller abgetrennter Blätter, auf denen eure Schritte keinen Lärm machen werden. Und da werden gleißende Freitreppen sein, rauschende Brunnen, verfallene Tempel und das nächtliche Schweigen der entthronten Götter, bis die Zeit jeden Sinn verliert außer dem kindlichen, die Uhren anzutreiben. So werdet auch ihr, während ihr wartet, mit jedem Tag mehr ein Teil von ihr werden. So werdet auch ihr die Stadt füttern. Bis ihr eines sonnigen Tages mit der Nase im Wind, der vom Meer kommt, und mit einem Blick zum Himmel entdeckt, dass es nichts mehr zu erwarten gibt.

Ab und zu setzte einer die Segel. Als Glauco und Serena an der Reihe waren, zwei aus der Clique von der Piazza Navona, zog ich in ihre Wohnung in Monte Mario. Ich war inzwischen am Ende, was die Hotelzimmer anging, und konnte es kaum glauben, dass ich nun einen Ort für mich allein hatte, und als ich für fünfzigtausend Lire auch noch den maroden Alfa Romeo der beiden erstand, war ich felsenfest davon überzeugt, dass mein Leben an ein beachtliches Ziel gekommen war. Ich packte meine Bücher in zwei Koffer und zog noch am Tag ihrer Abreise um. Sie gingen weg, weil Serena einen

Zwei-Jahres-Vertrag als Bühnenbildnerin in einem Theater in Mexiko-Stadt bekommen hatte, aber vor allem, weil ihre Ehe in der Krise steckte und Glauco nicht mehr malte. Rom hatte sie zerschmettert, und sie reisten ab mit ihren nun unpassenden Namen und den übertrieben vielen Koffern.

»Scheußliche Stadt«, sagte Glauco und trat an die Balkontür.

»Mir geht's gut hier.«

»Ach ja? Und warum bist du dann immer blau?«

»Nicht immer«, sagte ich, »sondern oft. Das ist ein großer Unterschied.« Ich schaute auf das Tal, das sich vor dem Balkon erstreckte. Es war grenzenlos und von einer Brücke mit vielen Bögen durchschnitten, über die mehrmals am Tag ein Zug fuhr, langgestreckt und leise wie eine Raupe. Zu beiden Seiten ragten die Umfassungsmauern zweier bei Sonnenuntergang kräftig läutender Klöster auf, während sich vorn die am nächsten liegenden Häuser zum Horizont hin im Grün verloren. Da waren ein großer Himmel und ein großes Licht. Es war ein herrlicher Ort.

»Das gehört alles dir«, sagte Glauco und wies auf das Zimmer, in dem wir standen. Eine Inventarliste erübrigte sich, es gab einen alten Sessel, ein Bücherregal und ein Bett, das als Couch diente. Die anderen beiden Räume waren auch nicht verschwenderischer eingerichtet, hauptsächlich Möbel vom Flohmarkt Porta Portese, alt und sympathisch. Einer war voller Leinwände, Farbdosen und allem, was ein Maler üblicherweise so braucht. »Falls du mal kein Geld hast, verkauf aber nicht meine Bilder«, sagte Glauco, als würde sich irgendwer um sie reißen. Er verzog sich mit der Bemerkung, er müsse sich noch von jemandem in der Stadt verabschieden. Er bat mich nicht, mitzukommen, und ich ahnte, dass dieser Jemand seine Freundin war. Jeder wusste, dass er noch eine andere Frau hatte. Breit gebaut und aggressiv, wie er war, konnte er es sich niemals, unter keinen Umständen, verkneifen, sich aufzublasen. Er wusste auch, dass zwischen mir und Serena eindeutig viel Sympathie im Spiel war, aber er ließ uns allein, weil er nicht der Typ war, der irgendwen fürchtete.

Serena war noch im Schlafzimmer, zwischen den offenen Koffern. Sie schien Angst zu haben, von ihnen aufgefressen zu werden, denn sie ging händeringend auf und ab. »Glauco?«, sagte sie. Ich sagte, er käme gleich wieder, und sie lief weiter mit tragischer Miene im Zimmer herum. Als sie zum dritten Mal an mir vorbeikam, legte ich ihr den Arm um die Schulter, und sie schmiegte sich mit einem verwirrten Blick an meine Brust. Da umarmte ich sie fester, doch sie verhärtete sich, und ich verstand, dass das ein Nein war, dass sie zwar ein Ja gewollt hätte, aber ein andermal, und dass das jetzt jedenfalls ein Nein war, dass es zu spät war. Dann redeten wir über Mexiko, bis Glauco wiederkam.

»Okay«, sagte er, »wollen wir?« Der traurige Ton in seiner Stimme überraschte mich. Der letzte Abschied musste besonders hart gewesen sein. Wie er da als Muskelpaket mitten im Zimmer stand, sah er aus wie ein übervorteiltes, kindisches Schwergewicht, das seinen Titel verloren hatte. Zum ersten Mal betrachtete ich ihn mit Sympathie.

Ich brachte sie zum Flughafen. Wir verabschiedeten uns mit Küssen auf die Wangen, dann ging ich auf die Besucherterrasse, um sie abfliegen zu sehen. Als sie die Gangway hinaufstiegen, schauten sie sich suchend nach mir um. Wir winkten uns zu, bis sie im Rumpf des Flugzeugs verschwunden waren. Die Maschine setzte sich verspätet in Bewegung, doch schließlich steuerte sie auf die Mitte des Rollfelds zu, hielt dort an, wie um Atem zu schöpfen, fuhr kräftig los und beschleunigte, bevor sie in schönster Manier abhob und in der Sonne leuchtend immer weiter aufstieg, bis sie verschwand. Da ging ich weg.

Auf dem Rückweg in die Stadt dachte ich an frühere Abschiede. Ich dachte an den Moment, als ich meinem Vater Lebewohl gesagt hatte, und an den Moment, als ich Sant'Elia Lebewohl gesagt hatte, und daran, wie diese Abschiede mein Leben verändert hatten. Aber so ist es immer, wir sind, was wir sind, nicht durch die Menschen, denen wir begegneten, sondern durch die, die wir zurückgelassen haben. Das dachte ich, während ich gemütlich den alten Alfa steuerte. Er war langsam und laut wie ein Wal, und die Vögel auf den Bäumen verstummten wie beim Durchzug einer dunklen Wolke am Himmel. Er konnte sich auch eines Stammbaums von Eigentümern rühmen, der so lang war wie das Telefonverzeichnis einer mittelgroßen Stadt, doch sein Geruch nach Asche und Leder war geradezu berauschend.

Ich beschloss, ernsthaft zu versuchen, mit dem Trinken aufzuhören. Ich blieb auf dem Balkon, las in der Sonne und hielt mich fern von Bars und von den Leuten, die in ihnen verkehrten. Die Hitze machte den Mix aus süßem Wein und Eiswasser, mit dem ich mich behalf, etwas genießbarer, und allmählich nahm ich sogar etwas zu. Schlimm war es vor allem abends, wenn ich die Schreibabteilung des *Corriere dello Sport* verließ und die mörderischen Stunden von zehn Uhr bis nachts um eins vor mir hatte. Was mir half, waren die Mädchen. Ich stand schon immer ziemlich hoch im Kurs bei ihnen, und in diesen Monaten forderte mein Kampf gegen den Alkohol ihren Mutterinstinkt heraus. Es passierte mir oft, dass ich in einem fremden Bett aufwachte, allein, denn die Mädchen, mit denen ich mich traf, waren meistens Lehrerinnen oder Verkäuferinnen und an erbarmungslose Zeitpläne gebunden. Es war jedes Mal ein herrliches Erwachen, was das angeht. Ich stand auf, schlenderte durch die Wohnung, schaltete den Plattenspieler ein und suchte, fast immer erfolgreich, einen schon fertigen Kaffee, den ich aufwärmte. Dann ging ich in ein sauberes Bad, das voller Handtücher, Bürsten, Haarnadeln und mysteriösen Cremedosen in blassen Farben war. Ich suchte, fast immer erfolgreich, Badesalz und verweilte lange in der Wanne. Schließlich trocknete ich mich ab, zog mich an und ging, wobei ich die Tür hinter mir zuklappen ließ, sodass es in der leeren Wohnung nachhallte.

Unterwegs kaufte ich mir eine Zeitung, schaute kurz an den Verkaufsständen mit den gebrauchten Büchern vorbei, erstand ein paar Lebensmittel und ging nach Hause, wobei ich entschied, ob ich den Nachmittag lesend, im Kino oder im Zeitungsbüro verbringen wollte. Und an so einem Vormittag stellte ich fest, dass ich vollkommen abgebrannt war. Dieser Zustand war alles andere als ungewöhnlich, wurde aber durch eine Reihe weiterer Pannen noch kritischer: die Tür, die ich unwiderruflich hinter mir geschlossen hatte, das Auto, das ich am Abend zuvor in einem weit entfernten Viertel geparkt hatte, und dazu noch das lästige, pochende Gefühl, etwas vergessen zu haben, an das ich mich beim besten Willen nicht erinnern konnte. Es zog also einer dieser Tage herauf, an denen wir mit einem abgelösten Hemdknopf in der Hand dastehen, wir unser Adressbuch verlieren, wir Verabredungen versäumen und sich sämtliche Türen in Fallen für unsere Finger verwandeln. Einer dieser Tage, an denen man nichts weiter tun kann, als sich zu Hause einzuschließen und zu warten, bis sie vorbei sind. Aber das konnte ich nicht, also machte ich mich im Regen zu Fuß auf den Weg.

Denn ja, zu allem Überfluss regnete es auch noch. Ich erinnere mich sehr gut an den Regen dieses Tages. Ein Frühlingsregen, der von Zeit zu Zeit auf eine gedankenlose, überraschte Stadt niederging und sie mit Wohlgerüchen erfüllte, die nach jedem Guss noch angenehmer wurden. Weshalb es in meinem Leben keinen zweiten so duftenden Tag gibt wie den, an dem diese Geschichte begann.

2   Ich kam mit leerem Magen und pitschnassen Schuhen zur Piazza del Popolo. Der große Platz quoll über vor parkenden Autos, ein einsamer Sonnenstrahl strich hoch oben vorbei und ließ die Terrassen des Pincio aufleuchten. In den zwei Cafés drängten sich Menschen, die sich ärgerten, weil sie nicht draußen sitzen konnten. Unter der Markise von Rosati nahm ich mir einen der aufgestapelten Stühle und schaute mich auf der Suche nach einem vertrauten Gesicht um, das mir ein Mittagessen ausgeben könnte, doch ich sah nur Leute, die ich nicht leiden konnte. Bei den ersten Tropfen, sie brachten das Fass endgültig zum Überlaufen, steuerte ich die Bar von Signor Sandro an. Der alte Barmann mit den gemessenen, versierten Bewegungen hatte ein elegantes Lokal eröffnet, mit roten Ledersitzen und mit Kunstdrucken an den Wänden. Hier verkehrten hauptsächlich Literaten, Poeten, Cineasten und ein paar radikale Journalisten, die Steaks mit Möhren aßen, doch an diesem Tag traf ich natürlich niemanden, der mir so nahestand, dass ich mich von ihm hätte zum Essen einladen lassen können. Immerhin bekam ich hier Kredit, und so bestellte ich einen Hamburger und ein Glas Barolo und blieb, um mir eines meiner Lieblingsschauspiele anzusehen, Signor Sandro beim Cocktailmixen. Auf dem Höhepunkt erlosch an der Tür ein prächtiger Seidenschirm, und gerade rechtzeitig, um mir nicht mehr von Nutzen zu sein, erschien Renzo Diacono. Ich hatte ihn schon eine Weile nicht gesehen, seit auch er beim Fernsehen gelandet war. »Leo!«, sagte er laut, als er mich sah. Er war hochelegant, im Gegensatz zu dem bärtigen Riesen, mit dem er hereingekommen war und der sofort im Gewühl am Tresen verschwand. »Was trinkst du?«, fragte er.

»Nichts.«

»Nichts?« Einen Moment lang schien er noch etwas sagen zu wollen, beschränkte sich mit seinem piemontesischen Taktgefühl dann aber darauf, mich zu fragen, wann ich denn auf eine Partie Schach vorbeikäme. »Zu ernsthaften Dingen komme ich gar nicht mehr«, sagte er, wobei er auf seinen Gefährten wies, der aus der Belagerung der Bar zurückkehrte. Renzo hatte diese schöne Art. Egal, mit wem er da war, er gab dir das Gefühl, dass er eigentlich lieber mit dir zusammen gewesen wäre. »Was macht das Leben?«

»Keine Ahnung«, sagte ich. »Ich garantiere bloß für meins.«

»Bravo«, sagte der bärtige Riese, der sich mit seinem Glas zwischen uns stellte. »Sehr weise«, und er trank auf meine Gesundheit. In seinem Armeeregenmantel, mit einem Schal, der ihm bis zu den Füßen reichte, und mit dem flattrigen Schirm am Arm beurteilte er die Welt aus den erhabenen Höhen eines zünftigen Rausches. Sein Lächeln war verwüstet, wie das eines Veteranen. Renzo sagte, nüchtern sei er der beste Fernsehregisseur, doch diesen Zustand dürfte er schon lange nicht mehr gekannt haben. Er grinste, und als einzige Antwort entschuldigte er sich und ging, um sich das Glas nachfüllen zu lassen.

»Warum treffen wir uns nicht heute Abend?«, sagte Renzo. Er sagte auch, sie seien umgezogen, und ließ mich die Adresse zweimal wiederholen, um sicherzugehen, dass ich sie nicht vergaß. Doch diese Gefahr bestand nicht. Obwohl uns eine Generation trennte, war mir seine Gesellschaft angenehm, er war ein guter Schachspieler, außerdem ein geachteter Historiker, und seine Frau Viola war eine ausgezeichnete Köchin. Ich hätte mir zum Ende eines so kaputten Tages nichts Besseres wünschen können.

Als ich wieder allein war, entwarf ich einen pannensicheren Plan. Als Erstes wollte ich zur Zeitung gehen, um mir ein paar Lire zu besorgen, dann wollte ich ins Kino, und schließlich zu den Diaconos, nachdem ich den alten Alfa geholt haben würde. Dieses Programm war so unkompliziert und ermutigend, dass ich schlagartig euphorisch wurde. Ich ging hinaus in den Duft des nachlassenden Regens. Dicke, einzelne Tropfen platschten noch auf das Straßenpflaster, und am Himmel taten sich große, hellblaue Risse auf. Ich machte mich zwischen den nassen, gleißenden Palazzi des Corso auf den Weg und betrat zehn Minuten später den *Corriere dello Sport*, wobei ich *Où es-tu mon amour* mit den Variationen von Django Reinhardt trällerte.

Die Mädchen an den Schreibmaschinen begrüßten mich unter ihren Kopfhörern mit kleinen, überraschten Ausrufen, um diese Zeit ließ ich mich normalerweise nicht blicken, und als ich nach Rosario fragte, wiesen sie auf eine Kabine, aus der in diesem Augenblick mein Freund kam, brauner im Gesicht als die Scheibe, die er in der Hand hielt. »Na juhu«, sagte er im Vorbeigehen. Ich ließ mich nicht entmutigen, denn obwohl es ganz offensichtlich keine Arbeit gab, konnte ich mir doch immer noch Geld leihen. Das wusste auch er, verschanzte sich unter seinen Kopfhörern und fing sofort an, einen Artikel in die Maschine zu tippen. Ich setzte mich hin und starrte ihn an, bis er aufgeben musste. »Wie viel willst du?«, fragte er, wobei er die Hand in seine Jackentasche steckte. Er gab mir exakt die Hälfte von dem, was ich verlangte, und ich musste außerdem seine Moralpredigt über mich ergehen lassen. Wie lange ich meiner Meinung nach wohl noch so weitermachen könne? Wisse ich denn nicht, dass der Abteilungsleiter es satthabe, nicht auf mich zählen zu können? Die Stelle sei frei, warum nähme ich sie nicht an? Er hatte mir diese Arbeit besorgt, das gab ihm das Recht, so zu reden. Er war ein guter Freund, ein melancholischer Süditaliener mit einer unzufriedenen Frau. Er hatte seine Heimat verlassen, ein Kap an jenem blauen Meer, das das Jonische ist, um in Rom als Journalist zu arbeiten, doch er durfte nur die Artikel der anderen abtippen, nachdem sie auf einer Wachsplatte aufgezeichnet worden waren. Die völlige Hirnrissigkeit dieser Arbeit nahm den letzten Jahren seiner Jugend die Würde, doch er hielt durch, klein, dunkel, niedergeschlagen und unbezwinglich.

Ich setzte die Segel. Draußen goss es aus Kannen und Eimern. Wasser ging in Strömen auf die kopflosen Statuen des Forums nieder, auf die eingestürzten Säulen, auf die Palazzi an den gepflasterten Plätzen, auf die tristen, nachmittäglichen Stadien, auf die ausgemalten Kirchen und sinnloserweise auf die überlaufenden Brunnen. Eine kleine Weile wartete ich geduldig unter einem Portal zwischen Wasserspritzern und den Flüchen von Passanten, Schiffbrüchigen wie ich, die in den Hauseingängen Zuflucht suchten, dann nutzte ich eine Regenpause und lief an den Hauswänden entlang zu einem nahegelegenen kleinen Kino. Es gab einen Film mit Marilyn Monroe, meiner armen Liebe, die ich mir nicht tot vorstellen kann, ich sah ihn mir zweimal an, wobei ich salzige Kerne knabberte und hörte, wie der Donner über die Dächer rollte. Als ich aus dem Kino kam, war ich sehr in sie verliebt und nicht gut auf die Welt zu sprechen, weil eine tote Liebe schon traurig genug ist, da braucht man nicht auch noch Regen.

Der Abend hatte etwas Grausames. Die Menschenmassen waren auf die Straßen zurückgeströmt, und eine unnatürliche Unterbrechung lähmte den Verkehr, während am regenschweren Himmel von Zeit zu Zeit die prasselnden Blitze der Straßenbahnen aufflammten. Die Schlagzeilen der Zeitungen kündeten von Erdrutschen, Überschwemmungen und Zugverspätungen. Nördlich der Stadt war der Fluss über die Ufer getreten und hatte die Felder überflutet, und an den Bushaltestellen schauten die Leute mit stummen, forschenden Blicken zum Himmel. Schlechtgelaunt merkte ich, dass es zu spät war, um den alten Alfa zu holen, und so war ich gezwungen, die Wohnung der Diaconos direkt anzusteuern. Ich machte mich zu Fuß auf den Weg, doch kurz darauf musste ich im Eingangsbereich eines noch geöffneten Ladens Schutz suchen. Der Verkehr war wunderbar abgeflossen und die Straße nun menschenleer. Ein Radio trug mir die Abendnachrichten in den Regen hinaus. Es hieß, das Wetter werde umschlagen, und in dem Teil der Erde, der uns betraf, kündige sich der Frühling an. Da tauchte ein Taxi auf. Ich hielt es an, sagte dem Fahrer, in welche Richtung er fahren solle, stieg ein und wrang meine Hosenaufschläge aus. Dann ließ ich mich gegen die Rückenlehne fallen und schaute mir die Stadt an, bis mir das Taxameter anzeigte, dass ich kein Geld mehr ausgeben konnte.

Wind kam auf, als ich an ein Haus gelangte, das von einem nassen, rauschenden Garten umgeben war. Erst jetzt und vielleicht wegen des Geruchs nach feuchter Erde fiel mir ein, dass ich Viola Blumen hätte mitbringen sollen, aber nun war es zu spät, und ein Bärenhunger zog mir die Beine weg. Also ging ich weiter und stellte mich der letzten Prüfung, einem Aufzug, der die ganze Fahrt über ein drohendes Brummen der Duldsamkeit von sich gab. Im zweiten Stock strich ich mir kurz die Haare zurecht und klingelte. Viola erschien, verdutzt. Bevor ich etwas sagen konnte, bekam sie einen kleinen Schluckauf und brach in unbändiges Kichern aus. Ich kam ihr wohl vor wie ein Überschwemmungsopfer. »Komm rein, Leo«, sagte sie und nahm meinen Arm. »Gott, was bin ich froh, dich zu sehen. Wie hast du uns denn gefunden?«

»Ein bisschen Glück«, sagte ich. Doch Renzo hatte sich schon abgewandt und schob einen Servierwagen in meine Richtung. Ich zögerte, so viele Flaschen auf einem Haufen hatte ich an einem Ort, der keine Bar war, schon seit einer Weile nicht mehr gesehen. Ich entschied mich für einen Scotch, und als Renzos Hand zwischen den Flaschen herumstöberte, klingelte der Wagen siegesgewiss. Einen Moment lang stand ich im Mittelpunkt der Aufmerksamkeit, weil Renzo den anderen erklärte, wie viel er mir hinsichtlich seines Buches über die Freibeuter zu verdanken hatte. Ich war schon immer gut darin, anderen beim Arbeiten zu helfen, doch Renzo lobte mich dermaßen überzeugend, dass man denken konnte, ich hätte das Buch geschrieben. Ich musste sogar eine Reihe von Fragen zum Thema beantworten, bevor ich mich in den Sessel verkrümeln konnte, der dem Kamin am nächsten stand, um dort den einzigen zwei Künsten nachzugehen, die ich von Grund auf beherrschte, die Klappe zu halten und mich der Situation anzupassen. Meine Rückkehr in die Anonymität fiel mit der Entdeckung einer Schale voller Erdnüsse zusammen. Viola kam zu mir. »Hey«, sagte sie, »du siehst aus wie ein Äffchen mit seiner Beute.« Ich stellte die Schale auf den Teppich, während sie es sich auf der Armlehne meines Sessels bequem machte. Ich schaute sie an. In den zwei Jahren, die wir uns nicht gesehen hatten, war ihr reizendes Gesicht fast schon träge geworden, aber ihre Beine waren noch dieselben, die schönsten, die ich je gesehen hatte. »Würdest du dich einfrieren lassen«, fragte sie.

»Nur, wenn ich verliebt wäre.«

»Ach, wie süß!«, lachte sie. »Ich mache gerade eine Umfrage, nach der ich mich entscheiden werde«, sagte sie reumütig, »und nimm mich ja nicht auf den Arm, hörst du? Sprechen wir lieber über uns. Wer fängt an?« Sie imitierte die Geste eines Kartenmischers. »Du«, sagte ich, um Zeit zu schinden, die ich brauchte, um mich zu erholen und mich auf meine eigenen Angelegenheiten zu besinnen. Ich war ein richtiger Experte, was das angeht, ich konnte auf dem roten Faden von ein paar Sicher und ein paar Vielleicht jedem gegenüber den Eindruck erwecken, mit verständnisvollem Ernst zuzuhören. So machte ich es auch bei ihr, während ich die Pause in Wahrheit für den Versuch nutzte, die Leere zu füllen, die seit dem Morgen in meinem Hirn pulsierte. Ich hätte die ganze Schale Erdnüsse hergegeben, um zu erfahren, was ich an diesem Tag hatte tun wollen, konnte mich aber nicht erinnern, und so nahm ich mit der heißen Flamme unter meinen nassen Schuhen vorlieb, bis Feuer und Schnaps auch bei mir die wohltuende Wirkung entfalteten, die beides in den Salons so unverzichtbar machte, wo du nie meinen würdest, dass Ersteres Häuser niederbrennen und Letzterer dir das Gefühl vermitteln könnte, am sonnigsten Morgen deines Lebens vor Kälte umzukommen. »Ich hatte diese zusammengeschusterten Bäder wirklich satt«, sagte Viola zum Abschluss eines Redeschwalls, den ich nicht gehört hatte.

»Ich nehme an, hier hast du ein wunderschönes Bad«, sagte ich und dachte an die herrliche alte Wohnung, die sie am Campo dei Fiori gehabt hatten.

»Oh, ein Traum! Das musst du dir unbedingt ansehen!« Einen Augenblick lang dachte ich, sie würde mich bei der Hand nehmen und mich dorthin zerren. »Und du sitzt immer noch in dem kleinen Hotel im Zentrum?« Eine Antwort erübrigte sich, denn in diesem Moment erhob sich eine Stimme aus den Sesseln und bat inständig um ein Gesellschaftsspiel, und Viola musste gehen. Als ich allein war, machte ich eine Bestandsaufnahme der Leute um mich herum. Für sie war der Regen nur ein Vorwand, um sich bequem zu kleiden, das sah man gleich. Mit ihren Cordhosen, Wollhemden und schweren Schuhen erweckten sie den Eindruck, oh, sehr wohl zu wissen, wie es da draußen aussah, in dieser Welt voller Regen und Gemeinheiten, aber auch, dass ein Glas Scotch und ein Schwätzchen mit Freunden den Druck der Massen gegen die Mauern unerheblich werden ließen.

Wir sind Belagerte und Belagerer, dachte ich beim zweiten Glas, und die Belagerer sind von Hunger und Heimweh geschwächt. So dachte ich, und mein Blick wanderte immer bereitwilliger zu einer riesigen, weißen Samtcouch, auf der ein Mann und ein junges Mädchen in der selbstvergessenen Haltung zweier sich ausruhender Vögel saßen. Der Mann hockte wie ein Knäuel auf der Armlehne, das eine außergewöhnliche Körpergröße verriet und aus dem seine Hände wie zwei kurze, nutzlose Flügel ragten, sodass er an einen Vogel erinnerte, der im Verlauf uralter Evolutionen die Verbindung zum Himmel verloren hatte. Was das Mädchen anging, so war sie wunderschön. Sie saß auf dieser Couch wie ein Zugvogel, der ein Boot gefunden hatte, auf dem er warten konnte, bis das Gewitter vorbei war. Abwesend, fremd und irgendwie nervös.

Es war mir gerade gelungen, die Schale mit den Erdnüssen wieder in meinen Besitz zu bringen, als Renzo sich bei mir unterhakte und mich so zwang, meine Beute fahrenzulassen und ihm zu den anderen Sesseln zu folgen. »Und was versprechen sie dir jetzt?«, fragte er und meinte die Zeitungen der Linken, für die er gearbeitet hatte, bevor er beim Fernsehen anfing. »Keine Ahnung, mit Versprechen kenne ich mich nicht aus«, sagte ich absichtsvoll, aber er war viel zu sehr mit seiner Rede beschäftigt, um Anspielungen zu verstehen. »Einen Job beim Fernsehen, den versprechen sie dir, bestimmt nicht die Revolution. Tja, ich war der Zeit einfach nur voraus.« Er wartete auf ein Zeichen der Zustimmung von mir. Ich schenkte es ihm. »Wenn du einen Job beim Fernsehen willst, brauchst du bloß zu fragen«, sagte er dann, »du kannst dir nicht vorstellen, was für Idioten da rumspringen. Es reicht völlig, kein Volltrottel zu sein, um als Genie durchzugehen.«

»Aber sicher!«, sagte mit irritierender Unverzüglichkeit eine in den Tiefen ihres Sessels kauernde Frau. Seit meiner Ankunft hörte sie immer dieselbe Platte. »Dein Freund hier«, sagte sie mit einem Blick zu mir, »sieht nicht gerade aus wie ein Pirat. Bestenfalls könnte er einen von Joseph Conrads blinden Passagieren abgeben. Du weißt doch, diese Typen, die eine schreckliche Sünde begangen haben und dann von Hafen zu Hafen ziehend dafür büßen. Gott, wie ich ihn liebe!«

»Wen, ihn?«, fragte Renzo und wies auf mich.

»Conrad«, sagte die Frau. Die Platte war zu Ende, und sie stellte sie wieder auf Anfang. Ich fragte mich, wer von den beiden am Ende wohl gewann. Dann schenkte sie uns erneut ihre Aufmerksamkeit. Sie zeigte keine Spuren von Kummer, auch nicht von Leidenschaft. Aus ihrem Verhalten sprach eine so absolute Unabhängigkeit, dass einem der Gedanke kam, sie wäre nicht wie alle anderen unter Krämpfen und Blut zur Welt gekommen, sondern aus sich selbst geboren, wie die Schmetterlinge.

»Also im Ernst, Eva. Du holst dir eine Blinddarmentzündung, wenn du so viel sitzt«, sagte Viola, die zu uns stieß, bevor mein Schweigen zur Last wurde. Renzo nutzte die Gelegenheit, um mich wegzuziehen, und wieder tat er es, indem er sich bei mir unterhakte, als hätte der Raum die Größe einer Piazza. Er war ja auch wirklich groß, aber so groß, wie diese Geste vermuten ließ, nun doch wieder nicht. Nach wenigen Schritten wären wir fast mit dem Begleiter des Mädchens zusammengestoßen. Er irrte im Salon umher, als wäre er bei einem spontanen Segelflugversuch gerade gegen einen Schrank geknallt. Sie saß jetzt allein auf der weißen Samtcouch. Nervös legte sie, behindert von ihren langen, schwarzen Haaren, eine Patience, als könnte sich daraus eine heilbringende Antwort ergeben. Renzo schob den Flaschenwagen zu ihr. Er hatte die Richtung meiner Blicke bemerkt und schritt mit seiner üblichen Diskretion zur Tat. »Was willst du trinken, Arianna?«

Sie schaute von ihrem Schicksal auf. »So ziemlich alles über vierzig«, sagte sie. Dem Lächeln nach zu urteilen, das sie mir schenkte, hätte man denken können, sie hätte den ganzen Abend nur auf mich gewartet. Es war ein Lächeln, das den Menschen, dem es galt, heraushob und auf Gipfel stellte, von denen er nie gedacht hätte, dass er sie erreichen könnte. Ein Lächeln wie ein Stockhieb, an dem nur eines unmissverständlich war. Dass nichts an dir sie interessierte. »Und das Spiel?«, fragte sie, als hinge der Fortgang des Abends von mir ab. Ich zeigte meine Handflächen.

»Da ist er ja!«, sagte Viola, die mit Papier und Stift zu uns stieß, »du kommst mit, hörst du?«, sagte sie und nahm meinen Arm, »glaub ja nicht, dass du mich mit irgendeiner hergelaufenen Lolita betrügen kannst!« So musste ich zu meinem Sessel zurück, wo ich entdeckte, dass die Schale mit den Erdnüssen verschwunden war. Zehn Minuten später war in der Stille des Salons nur noch das Kritzeln der Stifte auf dem Papier zu hören, ab und zu ein Kichern und, so fürchtete ich, das Knurren meines Magens. Da lief ein weiteres, leichtes Geräusch durch das Zimmer. Das Mädchen, diese Arianna, war von der Couch aufgestanden und bewegte sich wunderbar an den Sesseln vorbei. Die Zartheit ihres Körpers ließ alles, was sie machte, zu einer Heldentat werden, und sei es auch nur die Durchquerung eines Zimmers voller Freunde. Bei jedem Schritt gaben ihre glänzenden Gummistiefel rings um die Knie einen kleinen Seufzer von sich. Ihr Landungsplatz war die Armlehne von Violas Sessel, sie beugte sich vor, um ihr etwas zuzuflüstern. Da ging diese Eva dazwischen. »Also wirklich, Arianna, jetzt hör aber auf! Kannst du dir vorstellen, wie albern sie ist?«, sagte sie zu Viola, »heute Morgen hat sie sich beim Anziehen der Bluse einen kleinen Fleck auf der Haut aufgekratzt, und jetzt versucht sie schon den ganzen Tag, ihren Arzt in Venedig anzurufen.«

Das Mädchen würdigte sie kaum eines Blickes und sagte dann, sie habe von Leuten gehört, die an einem aufgekratzten Leberfleck *gestorben seien*. »Aber nicht doch, Arianna«, sagte Viola, »hast du nicht einen Chefarzt deines Vertrauens?«

Na gut, so lagen die Dinge, und das Mädchen ging telefonieren, und ich dachte über einen Vorwand nach, um mich zu verkrümeln und heimlich was zu essen, als Viola, die bemerkte, dass ich keine Anstalten machte, eine anonyme Botschaft auf meinen Zettel zu schreiben, mich nachdenklich anschaute und sagte: »Hör mal, könntest du wohl etwas Eis aus der Küche holen? Entschuldige, aber Ernesto ist nicht da. Er hat heute seinen freien Abend.« Sie hatten jetzt nämlich auch einen Butler. Viola versah mich mit den nötigen Instruktionen für den Weg in die Küche und teilte mir mit, dass ich sie verändert vorfinden würde, nur der Kühlschrank sei noch der alte. Hoffnung flammte in mir auf, zwei Jahre zuvor war ihr Kühlschrank der am besten bestückte der Stadt gewesen. »Mein alter Freund!«, sagte ich. »Wie geht's ihm denn?«

»Oh, du weißt ja«, sagte sie, »er ist einer von der coolen Sorte, nie zufrieden. Ein Ästhet.« Ich stand bereits. Im Flur telefonierte das Mädchen, im Dunkeln auf dem Boden hockend. Ich musste über sie hinwegsteigen und ging dann weiter, wobei ich ihren Blick in meinem Rücken spürte, während ich auf der Suche nach dem Lichtschalter die Wand abtastete. Das Licht fiel auf eine Küche, die wie ein Operationssaal blitzte. Der Kühlschrank stand in einer Ecke, etwas vergilbt im Vergleich zu den restlichen Möbeln. Mit einem Kratzer an der Tür, der wie eine Verzierung aussah, stellte er eine vornehme Zurückhaltung zur Schau, doch ich ließ mich nicht einschüchtern, und nachdem ich auf der Suche nach Brot im Vorratsschrank herumgestöbert hatte, wandte ich mich entschlossen ihm zu. Die Tür öffnete sich mit einem leichten Klicken.

Er war voll mit frischem Wind und französischem Käse. Die Tür mit dem Knie offen haltend, aß ich skrupellos einen halben Camembert, dann setzte ich unter dem Eiswürfelbehälter ein Messer als Hebel an, bis sich das frostige Aluminiumherz mit einem so dramatischen Krachen löste, dass ich fürchtete, nicht nur den Kühlschrank ruiniert zu haben, sondern die ganze Küche. Unaufhörlich weiteressend drehte ich den Warmwasserhahn über dem Behälter auf, den ich auf diese Weise zerlegte, schüttete die Würfel in einen Eiskübel und ging zurück zum Kühlschrank. Die offene Tür gab ihm ein beleidigtes Aussehen. Also wühlte ich im Gemüsefach, bis ich eine sehr grüne, samtige Zucchini fand. Ich legte sie auf die vom Eisbehälter verursachte Wunde und schloss die Tür mit gleichmütiger Miene. Er dürfte nicht der erste Ästhet gewesen sein, der anstelle eines Herzens eine Zucchini hatte, doch immerhin war sie das Blumenähnlichste, was ich zur Hand hatte.

Das Mädchen hockte noch immer im dunklen Flur auf dem Boden, und ich wollte gerade über sie hinwegsteigen, als ich an der Jacke festgehalten wurde. Es war eine herrische Geste, sodass ich mich mit dem Eiskübel in der Hand, ohne zu wissen, wie, auf den Knien neben ihr wiederfand. Höchst erstaunt sah ich, dass sie weinte. Ich suchte nach Worten, fand aber keine, also beschränkte ich mich darauf, bei ihr zu bleiben, während eine ironische, Trost spendende Männerstimme im Telefon wiederholte, dass sie schon nicht sterben würde. Das Mädchen sagte nichts. Sie weinte nur und hörte zu, dann, als die Stimme verschwand, stand sie auf, wischte sich mit dem Handrücken die Nase ab und steuerte auf Violas Badezimmer zu, nachdem sie mir den Hörer zum Auflegen überlassen hatte. Ich nahm das nicht krumm. Ich kannte diese Sorte, es gibt Menschen, die haben das besondere Talent, dich um Hilfe zu bitten und dir dabei das Gefühl zu geben, sie täten dir damit einen Gefallen. Ich stellte das Telefon wieder an seinen Platz und ging mit dem Eiskübel zurück in den Salon. Unmittelbar darauf fing ich an zu zittern. Ich wusste, was das war. Eine der unangenehmsten Wirkungen von Alkohol war, dass er meinen Wärmehaushalt durcheinanderbrachte. Ich ging eine rauchen, neben den Resten des Kaminfeuers, und kurz darauf kam das Mädchen wieder. Ihre Verwandlung war verblüffend, kein Mensch hätte gedacht, dass einen Moment zuvor Tränen über ihr freches Gesicht gerollt waren. Unter dem Blick, mit dem sie über mich hinwegging, fühlte ich mich wie ein zerknülltes Taschentuch.

Der Abend war gegen drei zu Ende. Die Gäste räumten ihre Sessel und gingen, als folgten sie einem Rückruf. Alles geschah in Eile, sodass ich irgendwann den Eindruck hatte, einen Film zu sehen, dessen letzte Meter der Vorführer mit doppelter Geschwindigkeit laufen ließ. Doch vielleicht lag auch das am Alkohol, keine Ahnung, ich weiß nur, dass das Zimmer innerhalb einer Viertelstunde still geworden war, während an einem offenen Fenster ein Vorhang flatterte und der Plattenspieler im Leerlauf unter einem Haufen leerer Gläser und voller Aschenbecher brummte.

Viola und das Mädchen tuschelten auf der Couch, Renzo zog gedankenverloren an einer leeren Pfeife, und ich überflog die Titel auf einem Bücherregal. Als ich zu den Bildern an den Wänden überging, erinnerte mich eines davon, ein verlassener Einkaufswagen auf einem Abstellgleis, an den alten Alfa am anderen Ende der Stadt, und das sagte ich. »Du bleibst sitzen«, sagte Viola zu Renzo, der Anstalten machte, von seinem Sessel aufzustehen, »Arianna kann ihn begleiten. Den ganzen Abend über versuche ich, die beiden sich gegenseitig in die Arme zu treiben, und du willst mir das vermasseln?« Das Mädchen sammelte wortlos die Karten vom Tisch auf, dann ging sie ins Vorzimmer hinaus, was Viola nutzte, um mir einen verschwörerischen Blick zuzuwerfen. Kurz darauf tauchte das Mädchen wieder auf. Sie trug einen laut raschelnden, roten Plastikregenmantel. Das Kartenspiel steckte sie in die Tasche. »Ich bin so weit«, sagte sie, als wartete draußen eine Exekution auf sie. Mit Viola gab es an der Tür die üblichen Versprechen, sich anzurufen, und auch eine offizielle Einladung zum Abendessen. Früher hätte es gereicht, wenn ich ohne Anmeldung einfach zur rechten Zeit erschienen wäre.

»Du musst wohl zu Fuß runter«, sagte Viola, »Arianna hasst Fahrstühle.« Das Mädchen sagte nichts. Schweigend nahmen wir die Treppe und beschränkten uns darauf, an den Türen aufeinander zu warten.

Die Luft draußen war von Kälteschauern und leichten Hitzestößen durchzogen. Winter und Frühling lieferten sich die letzten Rangeleien. Die Jahreszeiten wechseln nachts, ohne das Wissen der Leute, und wir erlebten ein Schauspiel, dessen Großartigkeit nur mit der Stille vergleichbar war, in der es stattfand. In dieser Nacht konnte einfach alles geschehen.

Neben mir, weit weg, die Hände auf dem Regenmantel fest geschlossen und mit blinzelnden Augen, sog das Mädchen mit der Zufriedenheit eines Menschen, der mit einem unverhofften Gast im eigenen Garten steht, gierig den Duft der Platanen ein. Um Eindruck zu schinden, schaute ich zum Himmel.

Er war schwarz, sehr hoch und durchzogen von großen Wolken auf Kurs.

3 Die Uhren an den Straßenecken zeigten drei Uhr morgens, als wir ins Auto stiegen. Die Stadt trocknete allmählich im Nachtwind, aber noch gab es Pfützen so groß wie Seen, die ihr kleines englisches Auto rauschend streifte. Das Mädchen fuhr schweigend, stolz auf ihr Profil, und ich stellte mir schon vor, dass ich aus ihrem Leben aussteigen würde wie aus dem eines beliebigen Busfahrers, mit einem Türenschlagen und einem Blick in den Rückspiegel, als sie ihr Haar zurückwarf und fragte: »Wie heißt du noch mal?«

»Leo Gazzarra«, sagte ich, »erst mal.«

»Was für ein trauriger Name«, sagte sie nach einer Weile, »klingt nach verlorenen Kämpfen.« Tja, ich hatte nicht den richtigen Tag hinter mir, um dagegenhalten zu können, und begnügte mich damit, mich auf der Suche nach meinen Zigaretten abzutasten. Wie immer zu dieser späten Stunde wurde ich vom Benzin meines Feuerzeugs im Stich gelassen. Ich ließ es ein paar Mal vergeblich klicken, bis sie sagte, ich solle auf dem Rücksitz nachschauen, wo ich einige verstreute Streichhölzer fand, eine Ausgabe von *In Swanns Welt* und eine Flasche französisches Parfüm. *Cœur joyeux,* las ich auf dem Etikett. »Soll das heißen, dass du eins hast und dass es noch dazu fröhlich ist?«

In ihrem Kichern lag etwas Dankbares. »Das ist mein Gegengift«, sagte sie, »lebst du mit irgendwem zusammen oder so?«

»Oder so«, sagte ich.

»Redest du immer so?«, fragte sie.

Wir waren in der Allee angekommen, in der ich den alten Alfa abgestellt hatte, und ich antwortete nicht. Keiner hatte ihn gestohlen, er stand einsam weidend da. »Das da ist er«, sagte ich, »danke fürs Mitnehmen.«

»Bitte«, sagte sie, »und entschuldige die Szene im Flur. Ich bin heute Abend hysterisch.«

Am Ende hatte sie es doch gesagt. »Warum denn?«

»Ach, nichts«, sagte sie und schaltete den Motor aus. In der Allee ließ sich eine gläserne Stille nieder. Die Häuser neben uns sahen aus wie auf die Gehsteige geduckt, und obwohl der Himmel nuancenlos schwarz blieb, war zu spüren, dass die Nacht sich langsam in Richtung Morgenröte bewegte, denn ab drei Uhr steigt sie aus ihren Abgründen traumtriefend wieder auf. Das kann dir jeder Nachtwächter bestätigen. »Willst du eine?«, sagte sie und hielt mir eine Schachtel französischer, extrem starker Zigaretten hin, »die hauen einen galoppierenden Büffel um.«

»Nein«, sagte ich, »mein Tag war schon schräg genug.«

»Reden wir lieber nicht über schräge Tage«, sagte sie, »bist du müde?«

Ich war am Ende, was das angeht. »Nicht sehr«, sagte ich.

»Ich überhaupt nicht«, sagte sie, dann schwieg sie einen Moment, bevor sie mir einen unsicheren Blick zuwarf. »Kriegst du nie Angst, dass du beim Schlafen vergisst zu atmen?« So sprach sie, und als ich lachte, zog sie ein verlegenes Gesicht.

»Okay«, sagte ich, »gegen Angst hilft eine Bar. Ich kenne eine, eine, na, die die ganze Nacht aufhat.«

»Ach, weißt du«, sagte sie und fuhr wieder an, als hätte sie nichts anderes erwartet, »zu später Stunde werden meine Ansprüche sehr bescheiden!«

»Ist das auf mich gemünzt?«

»Nein«, sagte sie lächelnd, »du bist in Ordnung. Woher kommst du überhaupt? Hier in Rom kommen alle von irgendwoher, ist dir das mal aufgefallen?« Ihr Stimmungswandel war erstaunlich. Jetzt war sie geradezu überschwänglich. »Was für eine schreckliche Stadt«, sagte sie, als ich Mailand erwähnte, dann sagte sie aus Angst, mir zu nahe getreten zu sein, dass aber die Straßenbahnen schön seien, jedes Mal, wenn sie dort sei, drehe sie eine Runde mit einer. Sie sei aus Venedig, wie ich wisse, aus der Gegend um San Rocco, präzisierte sie, sodass ich an Tintorettos *Kreuzigung* dachte und an den Kampf, den wohl ein Maler mit einem Namen in der Verkleinerungsform hatte ausfechten müssen, um ein so großes Bild zu malen. Ich fragte sie, warum sie weggegangen sei.

»Warum? Liest du denn keine Zeitung?«

»Soll das heißen, sie haben von deiner Abreise berichtet?«, sagte ich.

»Oh, nur die Lokalblätter!«, lachte sie, »mit Trauerrand auf der Titelseite! Wegen dem Meer«, sagte sie dann, »es ist schrecklich, zu wissen, dass du allmählich im Meer versinkst.« Ich schaute sie an. Ich schaute sie gern an. Ihre Augen waren zu groß und der Mund zu kräftig, aber zusammen verkündeten sie, Augen und Mund, dass dem Menschen als letzter Ausweg immer noch der Mut blieb. »Das ist ja gelb!«, rief sie, als sie ein Auto vorbeifahren sah. Sie kannte ein Spiel, eine Art Patience ohne Karten, das nur beim Anblick eines fahrenden gelben Autos beginnen konnte. Wenn eins vorbeikam, musste man sich einen Wunsch ausdenken und so lange eine Faust machen, bis man zum Trocknen aufgehängte Wäsche gesehen hatte, einen jungen Mann mit Bart, einen Hund mit kurzem Schwanz und einen Alten mit Gehstock. Das konnte dauern.

»Hör mal«, sagte ich, »das kann dauern. Sollten wir nicht lieber was trinken gehen und uns dann nach Hause verziehen?«

»Ach so«, sagte sie, »du bist auch nicht anders als die anderen. Herrgott noch mal! Warum leben die Leute bloß immer so, als könnte sich das Leben wiederholen?« Da blieb mir nichts anderes übrig, als die Klappe zu halten, wenn ich nicht wie ein Bürohengst dastehen wollte, und so hielt ich die Klappe, während wir eine Tankstelle in der Flaminia ansteuerten. Ein paar langsame, mächtige Lastwagen fuhren erdbebend vorbei, bevor sie sich in Richtung Norden in der Dunkelheit verloren. Arianna drückte mit der geschlossenen Faust auf die Hupe. Nach einigen Minuten kam ein gelbgekleideter Typ aus dem Kiosk und fuhr sich mit der Hand übers Gesicht.

»Haben Sie geschlafen«, fragte sie mit gespielter Unschuld. »Nein«, sagte er, »ich habe den Wurm gefangen«, doch Arianna ließ sich nicht entmutigen und schenkte ihm ihr strahlendes Lächeln, als wäre sie ganz aus dem Häuschen, weil ausgerechnet er uns bediente. Das brachte den Typ dermaßen auf Trab, dass er ungebeten sogar die Scheiben putzte.

»Na gut«, sagte sie, als wir weiterfuhren, »aber erst will ich was essen. Hast du Lust auf ein warmes Croissant?«

»Ich habe Lust auf ein Dutzend«, sagte ich.

Sie kannte die Nacht wie ihre Westentasche. Eine Viertelstunde später schoben wir die Tür zu einer Backstube auf, die auf einem Hof versteckt in der Gegend vom Justizpalast lag, und kamen in eine schneeweiße Unterwelt aus Mehl und Leuten bei der Arbeit. Da waren Männer, die mit schlaffen Teigklumpen hantierten und sie auf den Tisch knallten, wie um sie für ihre Gefügigkeit zu bestrafen, und andere, die sie zerteilten und in den Ofen schoben. Und da waren Frauen mit weißen Tüchern auf dem Haar, die in Behältern mit Creme rührten. »Hallo, Prinzessin«, sagte eine von ihnen, »was darf es denn heute sein?« Arianna zeigte unter dem gutmütigen Blick der Frau auf viele verschiedene Croissants, die schließlich für sie in einen Beutel gepackt wurden. Sie nahm ihn mit beiden Händen, weil er warm war und sich angenehm anfühlte, doch das hinderte sie nicht daran, eine Madeleine zu klauen und mich mit dem Ellbogen anzustoßen, als ich beim Hinausgehen eine gute Nacht wünschte. »Was heißt hier gute Nacht!«, sagte sie auf dem Hof. »Die arbeiten doch schon seit Stunden!«, seufzte sie, »ich habe immer ein furchtbar schlechtes Gewissen, wenn ich herkomme, aber um diese Zeit würde ich sonst was für ein warmes Croissant geben, du nicht auch?«

Sie waren warm, dufteten und hatten nichts mit dem traurigen Süßkram der Frühstücksbars zu tun, den der Rest der Stadt in den nächsten Stunden in seinen Büroangestellten-Cappuccino tunken würde. »Es hat auch was für sich, kein Kassenmitglied zu sein«, sagte ich, aber sie hörte nicht zu und kaute die Madeleine im Takt zu einem nachdenklichen Wippen ihres Fußes auf dem Boden. »Suchst du einen unebenen Pflasterstein«, fragte ich deshalb.

Mein Protzen mit Proust'scher Bildung beeindruckte sie. »Das wäre zwecklos«, sagte sie und sah mich forschend an, »die Madeleines sind auch nicht mehr das, was sie mal waren.«

»Nichts ist mehr das, was es mal war.«

»Nicht schlecht für den Anfang«, sagte sie, »weiter so.«

»Na ja«, sagte ich, »stimmt doch. Wir leben wirklich in traurigen Zeiten, aber was will man machen? Wir hatten keine Wahl.«

»Nein«, sagte sie und unterdrückte ein Lächeln, »die hatten wir nicht. Hast du einmal darüber nachgedacht, um wie viele Freuden uns der Fortschritt gebracht hat?«

»Na, und ob. Milch aus Glasflaschen zu trinken, zum Beispiel.«

»Ja«, sagte sie, »nicht übel. Was noch?« Da ergänzte ich das Blättern in Büchern, ohne sie aus Plastik befreien zu müssen, und sie konterte mit dem Zerknallen von Papiertaschen und ich mit von Hand aufgeschnittenem Schinken und sie mit dem Laufen auf Kreppsohlen und dem Zerbrechen von gläsernem Weihnachtsbaumschmuck. Als ich sie mit dem Geruch alter Ledersessel in die Enge trieb, wechselte sie das Thema. »Wann wärst du gern geboren?«

»In Wien vor dem Ende des Kaiserreichs?«, sagte ich.

»Kann man gelten lassen«, sagte sie und stieg ins Auto, »ich in Combray. Willst du vielleicht fahren? Ich möchte mir die Stadt von den Terrassen des Campidoglio aus ansehen.« Fünf Minuten später waren wir da und lehnten uns an die Brüstung, genau über dem Forum. Die Plätze unter uns waren menschenleer, und die Basiliken träumten in Marmor gegossen vom Tag des Auftauens. »Was für ein Quatsch«, sagte sie leise.

»Was denn.«

»Uns nach etwas zurückzusehnen, was wir nie hatten.«

Sie drehte sich nach ein paar Obdachlosen um, die auf den Bänken schliefen, es war nicht schwer gewesen, darunter einen jungen Mann mit Bart für ihr Spiel zu finden. »Eigentlich beneide ich sie«, sagte sie, »sie sind so selbstverständlich ein Teil der Dinge. Und du, was arbeitest du so?« Es war schwierig, ihr eine Antwort zu geben, und so sagte ich, dass ich nichts tat. »Wie jetzt, nichts«, sagte sie, »jeder macht doch irgendwas. Sogar ich, auch wenn es gar nicht so aussieht. Ich bin Langzeitstudentin der Architektur. Wie verbringst du den lieben langen Tag?«

»Ich lese.«

»Und was liest du?«

»Alles.«

»Was soll das heißen, alles. Auch Straßenbahnfahrscheine, Etikette von Mineralwasserflaschen und die Verordnungen des Bürgermeisters zur Schneebeseitigung?« Sie lachte.

»Ja, aber am liebsten Liebesgeschichten«, sagte ich. Sie nahm das ernst und sagte, die finde sie nervtötend, denn um ihr zu gefallen, müssten sie schlecht ausgehen, und wenn sie schlecht ausgingen, gefielen sie ihr nicht. Ich hätte doch die *Recherche* gelesen? »Dazu fehlt mir die nötige Puste«, sagte ich und behauptete, Proust gehöre zu denen, die laut gelesen werden müssten. Der Gedanke amüsierte sie, und sie wollte wissen, mit welchen anderen Büchern man das auch tun sollte. Ich nannte aufs Geratewohl *die Bibel, Moby Dick* und *Tausendundeine Nacht*. Das schien mir eine ausreichend passionierte Auswahl zu sein.

»Aber du hast doch Vorlieben.«

»Ja«, sagte ich, »Henry James Joyce, Bob Dylan Thomas, Scotch Fitzgerald und gebrauchte Bücher ganz allgemein.«

»Wieso gebrauchte«, fragte sie, ohne auf meine schlauen Wortspiele einzugehen.

»Weil sie weniger kosten und dann auch, weil du, mit einer gewissen Fehlerquote, schon vorher wissen kannst, ob es sich lohnt, sie zu lesen.«

»Wie denn«, sagte sie und setzte sich auf die Brüstung. Also sagte ich ihr, dass ich zwischen den Seiten nach Brotresten suchte, nach Krümeln, nach Stückchen der Kruste, denn ein Buch, das man beim Essen lese, sei ohne Zweifel gut, oder ich suchte nach Fettflecken, nach Fingerabdrücken und nach geringfügigen Falten auf den Seiten. »Die Falten muss man auf dem Buchrücken suchen, auch ein Buch, das beim Lesen geknickt wird, ist gut. Bei einem festen Einband suche ich nach Flecken, Abschabungen, Kratzern, das sind alles sichere Indizien«, sagte ich.

»Und wenn der, der es vor dir gelesen hat, ein Idiot war?«

»Irgendwas über den Autor musst du schon wissen«, sagte ich und führte weiter aus, dass das Lesen seit dem Aufkommen des Fernsehers allem Anschein nach immer mehr zu einer so antiquierten Tätigkeit werde, dass es sich nur noch bei Menschen mit einem gewissen Intelligenzgrad halten könne. »Leser sind eine vom Aussterben bedrohte Spezies. Wie die Wale, die Rebhühner und Wildtiere generell«, sagte ich. »Borges bezeichnet sie als dunkle Schwäne und behauptet, gute Leser seien inzwischen noch seltener zu finden als gute Autoren. Er sagt, es sei auf jeden Fall eine nachfolgende Tätigkeit, eine sich stärker fügende, kultiviertere, intellektuellere Tätigkeit. Nein«, sagte ich weiter, »die Gefahr liegt woanders. Bücher hinterlassen je nach der Stimmung, in der du sie liest, unterschiedliche Eindrücke. Ein Buch, das dir beim ersten Lesen banal vorkam, kann dich beim zweiten Mal wie ein Blitz treffen, bloß weil du in der Zwischenzeit was Unangenehmes erlebt hast oder eine Reise gemacht hast oder dich verliebt hast. Kurz, weil dir irgendwas passiert ist.«

So, nun wusste sie, mit was für einem Snob sie es zu tun hatte. Sie hatte mir schweigend zugehört, den Blick starr auf den feuchten Kies des Parks gerichtet. Sie hob den Kopf. »Du bist lustig, weißt du das«, sagte sie. »Als du bei Viola aufgetaucht bist, hast du so tragisch ausgesehen.«

»Das war bloß der Hunger.«

»Hunger?«

»Ja, nie davon gehört?«

»Doch, doch«, sagte sie lachend, während wir zum Auto zurückgingen, »ist das nicht dieses indische Dings, das sich einstellt, wenn man einen Aperitif trinkt?« Am Auto angekommen, setzte sie sich auf die Motorhaube und sah sich um. »Hier zu wohnen könnte nett sein«, sagte sie, »aber ich habe keine Lust, den Bürgermeister zu heiraten.«

»Wo wohnst du denn?«

»In der Via dei Glicini«, sagte sie strahlend, »weißt du, wo das ist?«

»In der Gegend vom Viale dei Platani.«

»Ja, und in der Nähe gibt es eine Fliederstraße, die Via dei Lillà, die liebe ich sehr, und dann ist da noch die Via delle Orchidee«, sagte sie, wobei sie die Namen der Blumen so aussprach, als wären die Straßen damit gepflastert. »Bring mich nach Hause«, sagte sie und überließ mir das Steuer.

»Ich hoffe, du meinst das ernst«, sagte ich, denn wenn es einen Ort gab, wo ein Mädchen wie sie nicht wohnen sollte, dann war es eine Gegend wie diese. Statt zu antworten, stemmte sie ihre Gummistiefel gegen die Windschutzscheibe.

Ich war am Ende mit meinen Kräften, aber ich wollte auch

wissen, was sie vorhatte, und so nahm ich Kurs auf den alles andere als noblen Viale dei Glicini. Ich konnte diese Gegend nicht ausstehen. Es war ein Viertel mit heruntergekommenen Straßen, durchquert von den kaputtesten Straßenbahnen, die ich je gesehen hatte. Die Neubauten zerfielen schon wieder, die Schilder stinkender Kneipen wechselten sich ab mit denen von Läden für elektrische Haushaltsgeräte und von Autowerkstätten, und Jugendbanden auf Killer-Bikes testeten mit einem Höllenlärm ihre Motoren. Die Kinos trieben den Gestank nach Desinfektionsmitteln, der einen zu Boden streckte, auf die Bürgersteige, und zwischen allem nicht ein Park, nicht ein Baum, nicht ein Blumenbeet, um die Einwohner vor der knallheißen Sonne zu schützen, sodass die Blumennamen an den Straßenecken letztlich nahelegten, dass man sich im Traum eines Verrückten befand. Was suchte ein Mädchen wie sie an so einem Ort? Ohne noch etwas zu sagen, bog ich in die geradlinigen Straßenfluchten der Vorstadt mit ihren fahlen Neonlichtern ein. Zu beiden Seiten reckten sich riesige Mietskasernen wie hoch aufragende Friedhöfe in die Nacht. Arianna betrachtete sie schweigend mit ihren zu großen Augen.

Als wir einen verblichenen Vergnügungspark und die Mauer einer Berufsschule hinter uns gelassen hatten, begann sich das Auto in einigen Geschäften für Haushaltsgeräte zu spiegeln. Wir kurvten in der blassblauen Luft herum, bis ich die Via dei Glicini gefunden hatte. Sie war ein Tunnel aus zum Trocknen aufgehängter Wäsche, und wenigstens dieses unserer Ziele hatten wir nun erreicht. Der Rest war Verfall und Elend. »Was wollen wir denn hier?«, sagte sie, »du hast dich total verfahren, das hier ist doch nicht meine Via dei Glicini.«

»Eine andere gibt's aber nicht.«

»Klar gibt es die«, sagte sie. Dann griff sie hastig zu ihrer Parfümflasche und betupfte sich Handgelenke und Schläfen. Der Fliederduft, der sich im Auto ausbreitete, machte den Anblick der Straße wirklich erträglicher. Ein nächtlicher Wachmann in Schwarz kam sein Fahrrad schiebend auf uns zu.

»Lass uns von hier verschwinden, bitte!«, stöhnte sie, »diese Nachtwachen machen mir Angst.«

Sie packte meine Hand und ließ sie erst wieder los, als wir aus dem Viertel heraus waren. Es sei nämlich so, dass sie in der Via dei Glicini nicht nur nicht wohne, sondern dort auch noch nie gewesen sei, sagte sie. An jenem Morgen habe sie eine Annonce zur Vermietung von zwei Zimmern gelesen, und die Blumennamen der Straßen hätten nach einem Villenviertel geklungen. Auf dem Stadtplan habe sie gesehen, dass es ein bisschen außerhalb lag, so als Wohnviertel, aber wie hätte sie denn ahnen können, dass das ein so schrecklicher Ort war? Oh, was für ein Pech sie habe! Ich sagte nichts. Offenbar hatte sie viel auf diese Blumennamen gegeben. Doch ich fragte mich, vor wem sie wohl weglief, denn daran bestand kein Zweifel: Sie war gründlich dabei, die Segel zu setzen. Ich fragte mich, weswegen. Und erfuhr, dass es wegen ihrer Schwester war. Die beiden hätten sich am Morgen gestritten, und sie habe beschlossen, von zu Hause abzuhauen, obwohl sie eine Wahnsinnsangst davor habe, allein zu leben. Sie sei abgehauen und habe nur ein Buch von Proust, ein paar Streichhölzer und eine Flasche Parfüm mitgenommen? »Und ein Kartenspiel«, sagte sie forsch, »warum nicht?« Ohne Kartenspiel gehe sie nirgendwohin, und außerdem habe sie beim Streit die Schlüssel vergessen und sich ausgeschlossen. Etwas an dieser Geschichte kam mir bekannt vor. Ich musste an mein verdammtes Rausgehen in den Regen an diesem Morgen denken, als mir schlagartig einfiel, was ich vergessen hatte. Aber ja. Ich hatte meinen ganzen Geburtstag mit dem Versuch verbracht, mich an meinen Geburtstag zu erinnern.

»Was? Du hast ihn vergessen?«

»Na ja«, sagte ich, »Geburtstage sind ja auch nicht mehr das, was sie mal waren«, doch ich dachte an alles, was von diesem Tag an zu tun ich mir vorgenommen hatte. Dann schaute ich zum Himmel, denn anscheinend schaut man immer zum Himmel, wenn man dreißig wird.

»Du musst verrückt sein«, sagte Arianna, »wie kann man denn seinen Geburtstag vergessen? Ich streiche die Tage immer schon einen Monat vorher im Kalender ab!« Angesichts eines so außergewöhnlichen Falls hatte sie die Via dei Glicini und alles andere vergessen. »Wir müssen ihn trotzdem feiern«, sagte sie, »komm, wir suchen uns eine Bar.« Und das taten wir, während die Morgenröte sich über der Stadt zeigte. In der grauen Luft warteten Leute in kleinen Gruppen auf die Ankunft der ersten Busse. Es war die Stunde, in der der Magen von einem, der die ganze Nacht auf den Beinen war, was Warmes einfordert, die Stunde, in der sich die Hände unter den Betttüchern suchen, während die Träume lebhafter werden, die Stunde, in der die Zeitungen nach Druckerschwärze duften und der Tag die Vorboten der ersten Geräusche aussendet. Der Morgen graute, und von der Nacht blieben nur zwei Schatten unter den Augen des seltsamen Mädchens an meiner Seite.

»Auf alles, was wir nicht gemacht haben, auf alles, was wir hätten tun sollen, auf alles, was wir nicht tun werden«, sagte ich und hob eine Tasse kochend heißen Milchkaffee in die Höhe. Arianna lachte, sagte, dass sie diesen Trinkspruch ein bisschen zu programmatisch finde, er im Grunde aber ganz okay sei. Dann lehnte sie sich über den Tisch und gab mir einen Kuss auf die Wange. »Und jetzt«, sagte sie und machte es sich auf dem Metallstuhl bequem, »erzähl mir was Lustiges.« Wir waren in einer Bar an der Endstation eines Busses. Ringsumher roch es angenehm nach Kaffee, so angenehm, wie Bars am frühen Morgen riechen, und ein junger Mann streute zwischen die Füße einiger Busfahrer, die den *Corriere dello Sport* lasen, Sägemehl auf den Boden. Es ging mir gut nach dem Milchkaffee, auch wenn mir die Knochen wehtaten. Und so erzählte ich ihr meine Geschichte der Via dei Glicini, von der Zeit, als ich Italienischunterricht für eine Gruppe kleiner Jungen gegeben hatte, die eher daran interessiert waren, Zigaretten von mir zu schnorren, als daran, *Die Verlobten* als etwas anderes zu sehen als einen verzögerten Koitus. In der letzten Stunde wäre der Konjunktiv dran gewesen, aber ich steckte in einem Drei-Tage-Rausch und konnte mich nicht auf dem Stuhl halten. Das hatten sie mitgekriegt und fingen an, mich an der Schulter anzustupsen, während ich, um Haltung zu bewahren, so tat, als fände ich das witzig. Doch am Ende konnte ich nicht mehr und knallte auf den Boden. Ich glaube, der Vater eines meiner Schüler brachte mich zurück ins Hotel, indem er mich wie einen toten Indianer quer auf sein Motorrad legte, keine Ahnung, ich wusste nur noch, dass sie mir nicht mal meine nüchtern erteilten Stunden bezahlt hatten und ich lange plante, einen der Jungen zu entführen und Lösegeld zu fordern. Arianna lachte, dann verstummte sie plötzlich und schaute mich über den Rand ihrer Tasse hinweg an. Sie betrachtete mich sehr aufmerksam, mit blinzelnden Augen.

»Was ist los?« fragte ich.

»Nichts«, sagte sie, »mir gefallen deine grauen Augen, und ich frage mich gerade, ob ich mich in dich verlieben könnte.«

»Nicht nötig«, sagte ich und zündete mir eine Zigarette am Filter an, »du kannst genauso gut mit zu mir kommen und bleiben, so lange du willst.«

»Im Ernst?«, sagte sie. Diese Idee begeisterte sie, und sie sagte sofort, sie werde mich kein bisschen stören, wir könnten uns die Miete teilen, denn sie habe ein Einkommen von fünfzigtausend Lire, das sei immerhin etwas, und sie könne ein großartiges Chateaubriand braten. Da wollte ich ein bisschen Eindruck schinden und sagte, daraus werde nichts, denn der Gedanke an einen Dichter, der als Steak in die Geschichte eingehe, betrübe mich doch zu sehr, und da fragte sie, ob mir auch Staatsmänner was ausmachten, und wir einigten uns auf Bismarck-Steak. Dann wollte sie unseren Tagesablauf planen. Wir würden lesen, Musik hören und studieren, denn sie müsse unbedingt ihr Studium wiederaufnehmen, um diesen verdammten Abschluss zu kriegen und nach Venedig zurückzukehren, wo sie zu einem Team von Technikern gehören würde, die sich um die Rettung der Stadt bemühten, bloß dass sie es, oh, wirklich niemals schaffen werde, zu studieren, sie sei so chaotisch, einfach zu chaotisch! Wie spät es wohl sei?, erkundigte sie sich, obwohl sie eine schwere Herrenuhr am Handgelenk trug. Die? Oh, ein altes Familienerbstück. Sie gehe falsch, und sie habe sie nie in Ordnung bringen lassen, denn so auf sie zu schauen, sei immer eine Überraschung. Es war sechs Uhr, und sie zeigte drei Viertel acht wer weiß welchen Tages. »Bin gleich wieder da«, sagte sie und stand auf, um zur Toilette zu gehen. Die war abgeschlossen, sie musste sich den Schlüssel vom Barmann holen. Als sie zurückkam, verzog sie angewidert das Gesicht. »Vielleicht schließen sie sie ab, weil sie Angst haben, jemand könnte reingehen und da saubermachen«, sagte sie, »und was jetzt?«

»Wir fahren nach Hause, oder?«, sagte ich und schaffte es, mich von meinem Stuhl hochzurappeln, doch Arianna schüttelte den Kopf. Nach einer durchqualmten Nacht sei eine Fahrt ans Meer das Beste, um sich die Lungen mit Sauerstoff zu füllen, fände ich das nicht auch? Ich fragte mich, ob irgendwas auf der Welt sie zerstören könnte, sie und ihre Zerbrechlichkeit. Sie setzte sich ans Steuer, und nach zehn Minuten brausten wir auf gerader Strecke zur Küste, an taubedeckten Wiesen und Pinien vorbei, die sich schwarz vom klaren, sich allmählich einfärbenden Himmel abhoben. Arianna sprach wie in einem leichten Delirium über die Tage, die wir zusammen verbringen würden, und ich schloss die Augen vor dem Licht, lauschte ihrer Stimme und überlegte, wie sie wohl in der leeren Wohnung über dem Tal klingen würde. Mein Gott, da war noch was zu retten in der Welt!

Am Ende der Strecke tauchte unversehens das Meer auf. Wir fuhren an ihm entlang, während es zwischen den Strandbädern erschien und verschwand. Links setzten die Pensionen und Hotels außerhalb der Saison ihre verblassten Schilder einem frischen, steifen Wind aus, der an den Palmen der Gärten rüttelte. Es herrschte eine große Stille, und auch Arianna schwieg jetzt. Wir parkten das Auto außerhalb der Ortschaft am Straßenrand. Der Himmel färbte sich rosa, doch das Meer blieb grau, abweisend. »Es sieht immer so aus, als würde es was fragen«, sagte sie nach einer Weile, »das liegt am Wasser, auch Regen scheint immer irgendwas zu fragen.«

Als wir zum Strand hinuntergingen, fuhr der Wind unter unsere Kleider und nahm das bisschen Wärme weg, das wir im Auto angespart hatten. Sie schauderte. »Verdammt kalt«, sagte sie, und dann rannte sie los über den feuchten Sand, mit den Händen in den Taschen ihres roten Regenmantels. Im Nu war sie weit weg, während ich auf dem festen Teil des Strandes über einen tristen Teppich aus trockenen Algen und leeren Muscheln wanderte. Das Meer leckte an meinen Schuhen, und unter den Schlägen der Brandung fiel nach und nach eine letzte Barriere, mein Blick flog zu der roten Puppengestalt ihres Regenmantels, dessen Rascheln der Wind zu mir trug. Da setzte ich meine Füße in ihre Spur und folgte ihr. Als ich sie erreichte und sie mir ihr bildschönes, vom Morgen angegriffenes Gesicht zuwandte, trieb der Wind ein sonderbares Spiel, es war, als legte er sich und frischte gleich wieder auf. Der rote Regenmantel raschelte erneut, während sich ihre Arme um meinen Hals legten. Die Kälte der Ärmel ließ mich unversehens frösteln. »Ist dir kalt?«, fragte sie und drückte ihren Körper, der hart, klein und warm war, an mich. Sie hauchte leise lachend in meinen Hemdausschnitt, dann spürte ich ihre Lippen, die leicht über meine Wange glitten. »Du Armer ... Armer ... Armer ...«, spottete sie leise, »was habe ich dir angetan ... du Armer ...«, bis ihre Lippen in einem verlöschenden Lächeln allmählich weicher wurden. Sie lagen auf meinen, und nun spürte ich ihre Zunge, die mit sanfter Beharrlichkeit über meine Zähne tastete und sie entriegelte. Dann löste sie sich mit unbeschreiblicher Langsamkeit von mir und wischte mit den Lippen, immer noch sehr langsam, nachdenklich, über den Aufschlag meines Regenmantels. »Dachte ich es mir doch!«, sagte sie lachend, »du willst gar keinen Sex! Und deine blöde Idee gefällt mir überhaupt nicht.«

Sie ließ mich allein mit meiner Verlegenheit stehen. Ging zu ein paar Fischern, die gerade ein Netz ans Ufer zogen. Schon an der Wasseroberfläche war zu erkennen, dass der Fang verdammt mies war, und die Fischer fluchten still vor sich hin, während der Himmel von Rosa zu Hellblau wechselte. »Sieh doch mal«, rief Arianna, »bitte!« Da sah ich den Hokuspokus, der diesen Morgen störte. Ein alter Mann ging über den Strand und fiel jedes Mal fast hin, wenn er seinen Stock hob, um einen rauflustigen, schmuddeligen Hund mit gestutztem Schwanz zu reizen. Arianna öffnete ihre Faust. Sie hatte sie vier Stunden lang geschlossen gehalten. »Wie albern«, sagte ich, und mit einer Unbeholfenheit, die mich noch heute quält, griff ich nach ihrer Hand, doch sie steckte sie in die Manteltasche.

Die Wolkenkratzer des EUR-Viertels glänzten nun in der Sonne, ungeduldig schüttelte Arianna ihr Haar und klappte die Sonnenblende des Autos herunter. »Oh Mann«, sagte sie, »ich hätte mir lieber eine Sonnenbrille wünschen sollen. Warum treffe ich bloß immer die falschen Entscheidungen? Erst fand ich die Idee, mit zu dir zu kommen, großartig, und jetzt muss ich zu Eva zurück!«

So sprach sie und verblüffte mich ein letztes Mal. Also war diese Eva die Schwester, vor der sie weggelaufen war. Aber was war das für eine Art, vor jemandem wegzulaufen, indem man den Abend zusammen mit ihm verbrachte? Sie sagte, sie hätten den Abend überhaupt nicht zusammen verbracht. Sie hätten den ganzen Abend kein einziges Wort miteinander geredet, hatte ich das denn nicht bemerkt? Ich sagte nichts. Ich war hundemüde und fröstelte immer noch. Völlig am Ende, das war ich, und ich wollte nur noch in mein Bett in dem Zimmer über dem Tal. Und außerdem, wenn ein Tag die Zeit zwischen dem Moment ist, in dem man aus dem Bett aufsteht, und dem Moment, in dem man dahin zurückkehrt, musste man nur schlafen gehen, um ihn zu beenden. Dieser Tag war die Hölle gewesen, was das angeht. »Soll ich dich zu deinem Auto bringen«, fragte sie, als wir wieder im Stadtzentrum waren. Eine tiefstehende, grelle Sonne schnellte von den Dächern und zersplitterte an den Fenstern der Palazzi, an den Brunnen und auf den Autoblechen. Die Straßen waren trocken, und von Zeit zu Zeit zeugten große Staubflecken von verschwundenen Pfützen. »Nein, danke«, sagte ich. Wir waren auf den Hängen von Monte Mario und hielten an, um eine Reihe Männer vorbeizulassen, die von einem Markt kamen. Blöderweise trugen sie große Blumensträuße.

»Aber ruf mich an«, sagte sie, als wir vor meinem Haus standen. Ich schaute sie an. Ihre Schönheit war von der Sorte, die wehtat. »Klar doch«, sagte ich. Dann stieg ich aus, ging über den Hof und spürte, wie schon bei den Diaconos im Flur, das Gewicht ihres Blickes auf meinem Rücken. An der Haustür blieb ich stehen, um zuzuhören, wie das Auto wegfuhr. Es hinterließ eine unerträgliche Stille. »Guten Morgen, Signor Gazzarra«, sagte die Concierge. Ich sagte irgendwas und begann mit zitternden Beinen die Treppe zu erklimmen. Die Stufen kamen mir höher vor als sonst, und ich stolperte mehrmals. Das erinnerte mich an frühere Heimwege in wirren Morgenstunden im Vollrausch auf den engen Treppen der Hotels, in denen ich gewohnt hatte. Wie damals war das Erste, was ich nach meiner Rückkehr tat, mich mit etwas Warmem zu versorgen. Ich ging durch die Wohnung, die verqualmt und muffig stank, und im diffusen Licht, das durch die Fensterläden drang, holte ich mir aus der Küche die prächtige, mit Greif und Fahnen verzierte Ballantine's-Flasche, die ich gegen Kälteattacken in Reserve hatte. Ich füllte sie mit kochendem Wasser, schluckte zwei Aspirin, ließ mich aufs Bett fallen und presste sie mir auf den Bauch.

Doch die Kälte verging nicht. Da tat ich etwas Idiotisches. Ich fing an zu heulen.

4   Vier Tage später stand ich auf und stieg wie verrückt niesend in einen Bus, um den alten Alfa zu holen, dies mit dem Gefühl, er wäre ein Teil von mir, das bei einer Explosion von mir abgerissen war. Auf dem Rückweg hielt ich an, um noch mehr Aspirin zu kaufen, ein bisschen auf Vorrat, und zog mich dann in meine Wohnung zurück, um erst wieder herauszukommen, wenn sich die Welt bei mir entschuldigt haben würde.

Sie tat ihr Bestes, was das angeht. Die Tage waren mild, der Himmel war von einem entwaffnenden Blau, aber irgendwie verstärkte das schöne Wetter meine Beklemmung noch. Von einem unüberwindlichen Gefühl der Nutzlosigkeit getrieben, strich ich durch die Wohnung. Sogar wenn ich mich zum Lesen auf den Balkon setzte oder mir eine Zigarette anzündete, ertappte ich mich bei der Frage, warum ich das gerade tat. Ich ging die Treppe nur hinunter, um die Post zu holen, ohne zu wissen, was ich eigentlich erwartete außer der üblichen Waschmittelwerbung, die ich in den Briefkasten neben meinem warf. Einmal erhielt ich eine Postkarte von Graziano Castelvecchio. Er war auf Kreta und schrieb »nichts als Steine hier, komm bloß nicht her«. Ein andermal bekam ich einen Brief von meiner Familie, den ich eigentlich lieber nicht bekommen hätte, und zwar nicht so sehr, weil meine Mutter sich beklagte, dass sie mich seit einem Jahr nicht gesehen hatte, sondern weil mein Vater mir Geld schickte, damit ich ihm einen Satz vatikanischer Briefmarken kaufte, was für mich bedeutete, in aller Herrgottsfrühe aufstehen zu müssen, um vor den Postschaltern Seiner Heiligkeit Schlange zu stehen.

Doch inzwischen konnte ich nur noch so wenig für ihn tun, dass ich mich am nächsten Morgen halb bewusstlos vom Gähnen in die kleine Schar gesetzter Fanatiker einreihte, die Philatelisten ja bekanntlich sind. Gegen zehn lud mich, nachdem ich die Briefmarken per Einschreiben aufgegeben hatte, der schöne Morgen zum Lesen auf dem Fluss ein. Der Kahn war menschenleer, ich legte mich in einen Liegestuhl, das Buch auf dem Schoß, konnte mich aber nicht konzentrieren, sodass ich es schließlich zuklappte, dem Rauschen des Verkehrs lauschte, der über die Brücken rollte, und den Ruderern zuschaute, die wie große Libellen über die Wasseroberfläche glitten. Gegen zwei bekam ich Hunger und ging zu Signor Sandro. Als Erstes traf ich Annamaria. »Sieh mal einer an!«, sagte sie, als sie mich erkannte. Ich hatte sie nicht mehr gesehen, seit man sie bei der Zeitung, für die sie arbeitete, rausgeworfen hatte, weil sie in dem Bericht über das Begräbnis eines städtischen Würdenträgers zusammen mit den Namen der Untröstlichen, die dem Sarg gefolgt waren, auch den des Verblichenen angeführt hatte. »Was machst du denn so weit weg von zu Hause?«, fragte ich.

»Ich wohne jetzt hier in der Gegend«, sagte sie, »in der Via Dingsda, Via …« Manchmal erweckte sie den Eindruck, als hätte sie Mühe, sich auch nur ihren Namen zu merken, aber wir hatten gute Abende zusammen verbracht.

»Was machst du heute Abend?«

»Keine Ahnung. Seit ich auf Diät bin, habe ich Glück bei den Männern.«

»Nur bei den Männern?«, sagte ich in Erinnerung an eine gewisse Affäre mit einer bekannten Theaterschauspielerin.

Sie lachte. »Und bei dir so, was machen die Mädchen?« Der stechende Schmerz, den ich in der Brust hatte, begann zu pulsieren. Da entschloss ich mich, ließ mir eine Telefonmünze geben und ging zum Telefon. Die Männerstimme, die sich meldete, war überaus höflich, und als ich die Signora verlangte, gab es ein professionelles Zögern. Kurz darauf hörte ich Violas Stimme. »Hier ist Leo«, sagte ich, und ihr typisches Kichern erklang, »hör auf, jedes Mal zu kichern, wenn ich mich melde.«

»Ich kichere, wann es mir passt«, sagte sie, »darf man erfahren, wo du gesteckt hast? Seit einer Woche versuche ich, dich bei deiner verdammten Zeitung zu erreichen. Arbeitest du überhaupt mal?«

»Krank«, sagte ich, »ich war krank.«

»Ich will das alles gar nicht wissen. Ich will, dass du heute herkommst und mir Gesellschaft leistest. Wir trinken einen Tee zusammen, und ich kürze alte Röcke.« Im Grunde hatte ich genau das gewollt, und so fuhr ich um fünf zu ihr, exakt zu der Stunde, in der die Marquisen die Kutschen vorfahren lassen und aus dem Haus gehen.

Sie saß am Fenster, bei eingeschaltetem Drahtfunk und zwischen ein paar hundert Röcken, die auf dem Teppich herumlagen. Die weiße Samtcouch in der Ecke sah aus wie ein verlassenes Floß. Ich setzte mich darauf, um Tee zu trinken. »Heute hat sich Arianna nach dir erkundigt«, sagte Viola und zog einen Rock aus, um einen anderen anzuprobieren. Es war, als hörte eine Trommel nach einer Woche auf zu schlagen.

»Wie geht es ihr«, fragte ich.

»Sie ist deinetwegen ganz aus dem Häuschen. Sie sagt, du hast sie grob abserviert und dich dann nicht mehr gemeldet.«

Tja, es war nett von ihr, es so darzustellen. »Alles in Ordnung mit ihrer Schwester?«

»Aber ja doch. Sie streiten sich in einer Tour, und dann vertragen sie sich wieder.«

»Sie hat so was Unberechenbares.«

»Sie ist schön, mein Lieber, schöne Menschen sind immer unberechenbar. Sie wissen, dass man ihnen verzeiht, egal, was sie tun«, sie hob noch einen Rock vom Boden auf, »ach ja!«, seufzte sie, »das ist noch besser als Reichtum, denn Schönheit, mein Lieber, stinkt nie nach Mühe und Eroberung, sie kommt direkt von Gott, und das reicht, um aus ihr den einzigen wahren menschlichen Adel zu machen, meinst du nicht?«

»Sehr tiefsinnig.«

»Das ist eine simple Feststellung«, sagte sie, »zurzeit stelle ich nur noch fest, woran das wohl liegt?«

»Weiß ich nicht. Hast du schon einen Arzt konsultiert?«

»Arianna würde das tun«, sagte sie lachend, »seit sie in der Klinik war, kann sie ohne Ärzte nicht mehr leben. Wusstest du, dass sie sogar kurz davor war, einen zu heiraten? Dann ist sie nach Rom gekommen, und es ist nichts draus geworden.«

»Was für eine Klinik?«, fragte ich. Was für eine Klinik solle es meiner Meinung nach denn sein, eine von diesen schrecklichen, in die die Leute ein bisschen nervös reingehen und komplett verrückt wieder rauskommen. Da drinnen eingesperrt, habe sie nichts anderes getan als geschlafen und Patiencen gelegt. Als Eva davon erfahren hatte, habe sie den ersten Zug nach Venedig genommen und sie nach Rom geholt. Ich bliebe doch zum Abendessen. »Okay«, sagte ich geistesabwesend. Ich fühlte mich, als wäre wirklich ich es gewesen, der sie an jenem Morgen abserviert hatte. »Weswegen streiten sie sich denn?«, fragte ich nach einer Weile. Ach, wegen allem Möglichen, ein Grund läppischer als der andere. Außerdem müsse man berücksichtigen, dass Ariannas Nerven noch ein bisschen schwach seien. Ohne ihre Parfümflasche und ihr Kartenspiel könne sie nirgendwohin gehen. Als sie ihre Karten einmal zu Hause vergessen hatte, sei sie weinend durch die Straßen gelaufen, ob ich das gewusst hätte? »Nein«, sagte ich, »das wusste ich nicht.«

»Kann ich das Abendessen zubereiten, Signora?« Der Nachmittag war vergangen, und der Abend flutete in die Fenster. Viola fuhr auf und machte Licht, sodass in einem gestreiften Jackett ein kleiner Mann mit tiefer Stimme Gestalt annahm. Er tauchte mit einem zerknirschten Gesicht aus seinem freien Nachmittag auf. »Ich glaube, er hatte Ärger mit dem Bäckerjungen«, sagte Viola, als er gegangen war, »seit zwei Wochen zwingt er uns schon, Cracker aus der Dose zu essen, und behauptet, sie seien gut für die Figur.« Aber ich hörte ihr kaum zu. »Was gibt's denn?«, fragte sie. »Nichts«, sagte ich. Arianna gab es, die, eingesperrt in dieser Klinik, Patiencen legte, sie gab es, und diese Beklemmung, die ich nicht loswurde, und diesen stechenden Schmerz in meiner Brust. Dieses abgeschriebene Leben gab es, mein Leben, das sich ändern musste.

Ein unmerkliches Klingeln war zu hören gewesen, und fünf Minuten später erschien Renzo. »Leo, alter Junge!«, sagte er und schlug mir auf die Schulter, »den ganzen Tag freue ich mich schon auf eine Partie.« Er war gutgelaunt und sehr überzeugt von sich und von der Tatsache, dass auch ich Schach spielen wollte. Widerwillig stand ich auf und setzte mich ihm gegenüber. Es war ein kurzes, heftiges Gemetzel. Nach zwei vorsichtigen Eröffnungszügen ergab ich mich meiner Beklemmung, provozierte einige rasselnde Bauernduelle und verlor einen Läufer. Dann ließ ich die Pferde los und konnte meinen Rückstand aufholen, indem ich den König in einer wirren Belagerung festsetzte. Er schien schon drauf und dran zu sein, seine Koffer zu packen und sich in Richtung Süden zu verabschieden, als die Dame, die ein paar verzweifelten Bauern wer weiß was für heimliche Lüste versprach, einen Ausfall organisierte, der das Reich rettete. Jetzt begannen die langen Schwertstreiche der Türme, und wir hieben aufeinander ein, bis ich getroffen niedersank. Renzo konnte sich ein Grinsen nicht verkneifen. Sich die Hände reibend rief er den Butler und verlangte eine Flasche Chablis.

»Bravo, mein Schatz!«, sagte Viola beim Abendessen und küsste ihn auf die Stirn. Renzo wehrte mit übertriebener Bescheidenheit ab, und sie lachte. Ich schaute den beiden zu. Der Chablis war kalt und herzerfrischend, aber nicht so sehr, dass ich den Anprall ihrer Zärtlichkeiten hätte aushalten können. Den ganzen Abend lang fühlte ich mich vor dem laufenden Fernseher sehr einsam, bis mich die zerknirschte Gegenwart des Butlers, der hinten im Salon saß, schließlich zur Verzweiflung trieb. Da verabschiedete ich mich und ging zu Signor Sandro.

Annamaria, ja, die sei hier gewesen, aber vor zehn Minuten gegangen.

Das Monatsende nahte, und ich war gezwungen, regelmäßig bei der Zeitung vorbeizuschauen, um meine Miete bezahlen zu können und am Telefon nicht meine Stimme verstellen zu müssen. Dann eines Nachmittags klingelte eines der Telefone in den Kabinen, und Rosario ging ran. »Für dich«, sagte er mit der Miene eines Menschen, der nicht beabsichtigte, meinen Sekretär zu spielen. Es war Viola, die mich für den Abend ins Theater einlud. »Wirf dich in Schale«, sagte sie, »wir werden alle perfekt gestylt sein.«

»Ich weiß nicht, ob ich das will.«

»Und ob du das willst«, sagte sie. Also fuhr ich im Abendverkehr nach Hause. An meiner Tür fand ich einen Zettel, angepinnt mit einer Haarnadel. »Ich bin allein, reich und attraktiv. Lust auf einen Western? Claudia.« Ich las ihn zweimal, steckte ihn in die Tasche und rief die Wäscherei an, damit man mir meine Hemden schickte. Ich tat alles mit maximaler Ruhe. Als Erstes stellte ich den Plattenspieler an und zog mich aus, dann förderte ich einen dunklen Anzug zutage, den ich in einem Anfall von Grandezza beim Schneider des Grafen Sant'Elia hatte anfertigen lassen, und legte die Hose unter die Matratze. Im Bad drehte ich sämtliche Wasserhähne auf, weil ich das Rauschen mochte, und legte mich in die Badewanne, um nachzudenken. Als es wegen der Hemden klingelte, tauchte ich wieder auf und wickelte mich in den roten Bademantel, den Serena vergessen hatte, als sie nach Mexiko fuhr. Ich sah nach, ob die Hemdknöpfe wieder angenäht waren, bezahlte und holte die Hose unter der Matratze hervor. Sie war tadellos, und so bürstete ich, mit zwei verschiedenen Bürsten, Jackett und Schuhe und zog mich mit der Sorgfalt eines Toreros an.

Die Diaconos kamen zu spät, und wir betraten das Theater, als ein Mädchen auf der Bühne ihrer verlorenen Jugend nachtrauerte. Es war eine völlig verkorkste Version der *Drei Schwestern*, deren Spannung sich aus den verzweifelten Versuchen von Regisseur und Schauspielern ergab, den Text zu ruinieren, und aus dessen wunderbarem, ironischem Widerstand. Die Spannung wegen der Ungewissheit des Resultats war so groß, dass in der Pause alle an die Bar stürzten. Natürlich waren sämtliche Freunde der Diaconos da, und sie schafften es selbst im Gedränge von einigen hundert Durstigen, sich zusammenzuscharen. Eva flimmerte im Licht eines riesigen Kristalllüsters. Neben ihr hielt der Vogelmann zwei Gläser, und von Zeit zu Zeit nippte sie zerstreut an einem davon. Er trug ein elastisches Band am Handgelenk, als hätte ein Ornithologe ihn eingefangen und mit dieser Markierung wieder freigelassen, um seine Wege zu verfolgen. Arianna war nicht bei ihnen. Ich sah sie erst am Ende des Stückes, als ich mich ins Gewühl an der Garderobe stürzen musste, um Violas Mantel zurückzuerobern, und ich hätte sie gar nicht bemerkt, wenn ich nicht ihre Stimme gehört hätte. Sie war in Begleitung eines kleinen, dicken Kerls mit Brille und ging nach einem Wodka rufend durch das Foyer. Alles, was ich von ihrem Vorübergehen hatte, war, dass ich den guten Platz verlor, den ich an der Garderobe ergattert hatte, weshalb ich nun einer der Letzten auf der Zielgeraden war. »Ich habe schon bessere Garderobenboys als dich gesehen«, sagte Viola, als ich ihr in den Mantel half. »Na los, wir müssen auf einen Drink zu Eva.«

»Ich glaube, ich geh nach Hause«, sagte ich.

»Versuch's erst gar nicht«, sagte sie, und wir fuhren zu Eva. Das Gebäude hatte große Ähnlichkeit mit dem der Diaconos, ein weißes Mehrfamilienhaus, aber der Garten war größer, und hinter ein paar Sträuchern gähnte ein Gemeinschaftspool in Erwartung des Sommers. Im Salon gab es das übliche Überangebot an Sesseln und ein paar Gemälde, darunter ein wahrscheinlich echter De Chirico und ein wahrscheinlich falscher Morandi. In den Sesseln die üblichen Verdächtigen: ein seraphischer Fünfzigjähriger, den alle mit einem extrem langen Namen anredeten, im Gegensatz zu dem extrem kurzen, mit dem er unter den Komödienschreibern bekannt war; ein junger, linksorientierter Journalist namens Paolo, der dem Vernehmen nach ein besonderes Händchen für Frauen hatte, und ein Romancier mit weißem Schnauzer und einer venezianischen Villa im Friaul. Außerdem gehörten die Ex-Frau eines Fernsehsprechers dazu, die jedes Mal einen Selbstmordversuch unternehmen musste, wenn sie die Alimente eintreiben wollte; ein bärtiger, verhätschelter Poet im Dienst der kommunistischen Partei; ein sympathischer Sonderkorrespondent, der in Lateinamerika einen Herzinfarkt gehabt hatte, und eine Schauspielerin, die immer bloß über die Compton-Burnett sprach. Auf ein und demselben Sofa saßen an diesem Abend auch ein russisch anmutender junger Mann mit Gitarre, ein in einen homosexuellen Photographen verliebtes Supermodel und eine verarmte Adlige, die in einen Alitalia-Piloten verliebt war, den kein Mensch je zu Gesicht bekommen hatte. Zu ihnen, die den harten Kern bildeten, gesellten sich zeitweise andere Leute, die von der Clique aufgenommen und dann in einer Art natürlichem Austausch, der ihr Fortbestehen sicherte, wieder ausgeschlossen wurden. Das geschah vor allem im Winter, weil im Sommer alle in verschiedene Richtungen verschwanden. Strandliebschaften,

Reisen, Abenteuer, jede Gelegenheit war recht, um jeden seinen eigenen Angelegenheiten nachgehen zu lassen. Doch kaum schimmerte der Himmel weniger metallisch und hart, kaum schwankten die Bäume in einem Wind, der Wolken brachte, kaum begannen die Tage auf die tiefen, violetten Oktobersonnenuntergänge zuzustürzen, klingelten quer durch die Stadt erneut die Telefone, und man besuchte sich wieder, erschöpft und redselig.

»Und, hast du deine Sünde abgebüßt«, fragte Eva. Ihre vertrauliche Art überraschte mich. »Sag, was ist mit Arianna?« Arianna war nicht im Zimmer, und so erzählte ich ihr, was ich im Theaterfoyer gesehen hatte. »Ach ja«, sagte sie, »sie war mit dem Regisseur des Stückes da. Arianna muss immer jemanden in ihre Bedürfnisse verwickeln.« Offenbar hatte sie auch ihr alles erzählt. Vielleicht sogar noch am selben Morgen, nach unserer gemeinsamen Nacht, vielleicht auf dem Bett sitzend, bei Tee und Madeleines. Na prima. »Kennst du Livio Stresa schon?«, sagte sie dann und griff nach dem Arm des Vogelmanns, der auf der Suche nach einer Armlehne, auf der er sich niederlassen konnte, an uns vorbeikam. Sein Name sagte mir irgendwas, und gleich darauf brachte ich ihn mit dem bekannten Tennisspieler in Verbindung, dessen Stern im Sinken war. Er hatte einige Jahre zuvor sehr gute Sachen gemacht, auch im Doppel mit Pietrangeli, dann war er plötzlich von den Listen der offiziellen Turniere verschwunden. Sieh an, jetzt wusste ich, wo er gelandet war.

Arianna kam nach einer halben Stunde, sie riss die Tür auf. »Nach Moskau, nach Moskau«, schrie sie, und dem Gesicht des Regisseurs nach zu urteilen, der ihr folgte, hatte sie die ganze Zeit über, in der sie zusammen gewesen waren, nur diesen Ausruf nachgeäfft. Sie hatte ihr Haar hochgesteckt und sah sehr glücklich aus. »Sagen Sie, Tschebutykin«, sagte sie und ließ sich dramatisch in einen Sessel fallen, »Sie haben meine Mutter geliebt?«

»Sag, Irina«, sagte nun Eva und ging zu ihr, »wer klopft denn da gegen den Fußboden?«

»Der Doktor ist's. Er scheint noch betrunken zu sein. Was für eine tolle Nacht! Hast du gehört? Die Brigade kommt fort von hier!«

»Oh, das sind wohl nur Gerüchte!«

»Wir sind dann ganz verlassen! Meine Liebe, Teure«, sagte Arianna und streckte Eva die Arme entgegen, »ich achte und schätze den Baron, er ist ein trefflicher Mensch. Ich will ihn heiraten, bin einverstanden, aber wir müssen nach Moskau ziehen, ich flehe dich an! Es gibt auf der ganzen Welt nichts Schöneres als Moskau! Nach Moskau! Nach Moskau!« Betreten wandte der Regisseur ein, sie habe die Figuren durcheinandergebracht, und das Gelächter wurde lauter. Der Schriftsteller hustete mit seinem weißen Schnauzer, als hätte er ihn verschluckt, während Arianna und Eva mit strahlenden Augen auf ihren Erfolg blickten. Sie saßen im selben Sessel, glücklich, frech und allein.

»Also, Arianna«, sagte Eva nach einem Blick zu mir, »ist *dein Freund da* immer so ernst?«

»Das ist nur der Hunger«, sagte sie.

»Diesmal ist es die Müdigkeit«, sagte ich.

»Na«, sagte sie, »ich habe jedenfalls Hunger. Komm mit in die Küche«, sagte sie noch und streckte mir ihre Hand hin. Ich folgte ihr, und wieder landeten wir in einem dunklen Flur und dann wieder in einer Küche und ich wieder vor einem

Kühlschrank. Es hatte schon so seine Fixpunkte, das Leben. Arianna redete, während sie ein Brötchen mit Hühnerresten belegte. »Glaub ja nicht, dass du mich so behandeln kannst, hörst du«, sagte sie, »warum hast du nicht angerufen? Da musste ich erst Viola bitten, dich ins Theater einzuladen, ist das zu fassen? Nein, warte«, sagte sie und hob ihre freie Hand, »sag nichts. Komm, wir gehen in mein Zimmer. Ich hasse es, in der Küche zu essen, dann fühle ich mich immer wie eine Köchin.«

Sie brachte mich in ein enges Zimmer, das über seine ganze Länge von einem Regal voller Bücher, Modejournale, Schallplatten und auch etwas Unterwäsche durchzogen war, die sie einsammelte und mit einem Schulterzucken in einer Kommode verstaute. Die übrige Einrichtung war spärlich, ein Tisch, übersät mit Linien und Karos und mit Architekturbüchern unter einer dünnen Staubschicht, ein Bett und an den Wänden eine Klee-Reproduktion und ein Riesenposter von Picasso vor seiner Staffelei. »Das war das Zimmer des Dienstmädchens«, sagte sie, »aber seit Eva geschieden ist, müssen wir ohne sie auskommen.« Eine Tür führte zu einem kleinen Bad. Am Türrahmen hielt eine Reißzwecke einen mit Schreibmaschine getippten Zettel: *8 Uhr aufstehen und ins Bad, 9 Uhr Frühstück, 10 Uhr Universität bis 13 Uhr, Mittagessen, danach schlafen bis 16 Uhr ohne Schummeln, 16.30 Uhr (nach dem Schummeln) lesen, Briefe nach Hause schreiben, vor allem leichte Stoffe studieren, 18 Uhr Evas Geschäft, 20 Uhr frei, 24 Uhr definitiv INS BETT!*

»Nimm das nicht so ernst«, sagte Eva, die an der Tür erschien, »das ist Ariannas Hauptbeschäftigung, Pläne schreiben.«

»Entschuldige, aber was geht dich das an?«, sagte Arianna.

»So einiges«, sagte Eva, »und ihr kommt lieber rüber. Auch du hast Pflichten als Gastgeberin, solange du hier wohnst.«

»Ich muss mit Leo sprechen.«

»Leo wird das schon verstehen«, war die Antwort. Sie starrten sich feindselig an, während ich den lebhaften Wunsch verspürte, woanders zu sein, denn wenn ich eines nicht vertrug, so waren es Familienstreitigkeiten. Arianna wandte ihren Blick von Evas Gesicht ab, wo er zwei rote Flecke hinterließ. »Holst du mich morgen vom Konzert ab?«, sagte sie. Ich fragte, was denn für ein Konzert. Sie sagte es mir.

»Wenn du willst«, sagte ich.

»Was soll das heißen, wenn ich will?« Ihre Stimme klang wie Hagel. Ein kalter Wind erfasste mich, und ich nutzte ihn, um die Segel zu setzen. Im Salon traf ich auf Violas amüsierten Blick, aber sonst schien niemand unsere Abwesenheit bemerkt zu haben. Alle umringten den russisch anmutenden jungen Mann, der russisch anmutende Lieder sang. Als Arianna wieder hereinkam, setzte sie sich in den Sessel, der am weitesten von dem Kreis entfernt stand, der sich um den Sänger gebildet hatte. Die Wut hatte einen Schatten über ihre zu großen Augen gelegt. Ich ging zu ihr. »Steht die Verabredung noch?«, fragte ich und hielt ihr eine Zigarette hin. »Wenn du willst«, sagte Arianna und nahm sie. Ich merkte, dass ihre Hand leicht zitterte, aber als sie sich zur Flamme des Feuerzeugs beugte, zeigte ihr Gesicht schon wieder die übliche Forschheit.

Um Ruhe zu bewahren, ging ich am Nachmittag ins Kino, doch der Film war tödlich, und zum ersten Mal erfüllten mich die schmächtigen Gesichter und das heimliche Gefummel der armseligen Fauna, die die Nachmittagsvorstellungen bevölkert, mit einer großen Traurigkeit. Also ging ich raus und zog mit geballten Fäusten durch die Gassen. Bis zu unserer Verabredung war es noch mehr als eine Stunde, und mit grausamer Deutlichkeit spürte ich, dass jede Minute, die verging, eine Minute weniger in meinem Leben war. Um drei Viertel sieben stellte ich mich vor die Kirche, in der das Konzert stattfand. Musik von Mozart. Um sieben ging die Tür auf, um ein Rinnsal von Leuten heraussickern zu lassen, das sofort in der Gasse versiegte. Ich rührte mich nicht von der Stelle und wartete. Die Tür öffnete sich erneut, und zwei Jungen kamen heraus, dann ein paar alte Damen. Danach blieb sie zu. Mit einem Satz war ich auf der anderen Straßenseite. Drinnen packten die letzten Orchestermusiker ihre Instrumente ein, und ein Priester ging zwischen den Altären umher, um die Kerzen zu löschen. Er sah mich an. »Es ist vorbei«, sagte er. Und ich schloss die Tür wieder und setzte mich auf die Stufen, ohne zu wissen, was ich tun sollte. Die Stadt war so leer, dass man spürte, wie die Palazzi alterten.

Anderthalb Stunden lang geschah nichts. Dann kam sie. Im Auto, zusammen mit Livio Stresa. »Entschuldige, ja«, sagte sie durch das Fenster, »aber wir haben den ganzen Nachmittag auf dem Bett verplaudert, und ich habe die Zeit vergessen.« Aha, jetzt, da ich das wusste, konnte ich mich ja freuen. Ich stand auf und klopfte mir die Hose ab. »Bist du sauer?«, fragte sie, als ich einstieg und mich neben sie setzte, »sag nicht nein, es ist nicht zu übersehen, dass du stinksauer bist.« Livio

Stresa saß auf der Rückbank und legte mir die Hand auf die Schulter. »Man muss wissen«, sagte er, »dass für die beiden Schwestern der Zeitpunkt einer Verabredung der ist, zu dem man mit dem Schminken anfangen muss.« Seine Geste ärgerte mich. »Und wenn man sich gar nicht schminkt?«, sagte ich. Er zog die Hand zurück und redete wieder mit Arianna. Über Eva, natürlich, und über ihr Geschäft, zu dem wir gerade fuhren.

Es war so etwas Ähnliches wie ein Geschäft, eine kleine Wohnung in der Gegend der Trinità dei Monti, die nicht von Krimskrams überquoll wie die üblichen Antiquitätengeschäfte, sondern nur wenige Möbelstücke ausstellte. Man sah gleich, dass man nur eines davon verkaufen musste, um einen ganzen Monat davon leben zu können, und mir fiel der Laden meines Vaters ein, sein kleiner, geduldiger Handel mit Papierschmetterlingen, die dicken Kataloge, die Lupen, die Pinzetten und der leichte Klebstoffgeruch, der ihm auch zu Hause anhaftete. »Also, ist dies die Stunde?«, sagte Eva, als wir hereinkamen. Auf ein paar Polsterstühlen saßen der junge, linksorientierte Journalist, der Komödienschreiber und das Supermodel. Sie war sehr groß und elegant, viel eleganter als die elegante Mode in jenem Jahr. Sie schlürften Drinks, und Arianna stahl zwei Oliven von einem Tellerchen. »Komm, wir verschwinden hier«, sagte sie und bot mir eine an. Eva protestierte, sagte, wir müssten alle zusammen essen, und als wir gingen, verzichtete sie darauf, sich von uns zu verabschieden. »Oh Mann«, sagte Arianna an der Tür, »warum könnt ihr euch denn nicht leiden?«

Wir gingen in ein Lokal an der Piazza del Popolo, dessen Wände voller Flaschen waren. Arianna bestellte einen Sherry, war aber nervös und konnte sich nicht dazu entschließen, ihn zu trinken. »Ich bin wirklich arm dran«, sagte sie, »nie weiß ich, was ich machen soll!«

»Warum legst du nicht eine Patience?« Ich weiß nicht, warum ich das sagte, noch dazu in diesem Ton. Ich weiß, dass ich bei den ganzen Flaschen ringsumher Lust bekam, was zu trinken, und dass ich Lust hatte, mich zu streiten. Doch sie reagierte nicht. Sie sagte nichts. Ihr unerschrockenes Gesicht zuckte ein wenig, und sie stellte ihr Glas auf die Theke. Dann ging sie nach einem seltsamen Kopfnicken hinaus. Ich rührte mich nicht vom Fleck. Ich nahm ihr Sherryglas und trank es langsam aus, um mich zu beruhigen. Kurze Zeit später suchte ich meine Sachen zusammen und ging ebenfalls raus, ich blieb an der Tür stehen, um den Menschenstrom zu betrachten, der über den Bürgersteig floss.

»Huhu.« Sie stand hinter mir im Schatten eines Hauseingangs.

»Hör mal«, sagte ich, »ich glaube, ich liebe dich.«

»Oh, bitte!«, sagte sie. »Sag das nicht!« Genau in dem Moment passierte etwas, ein weicher Knall und ein weiches Rollen, während die überraschte Stimme einer Frau erklang und der Rest einer Plastiktasche voller Orangen über den Gehweg kullerte. Die Frau bat mich um Hilfe, und automatisch begann ich im Kreuz und Quer von Händen und Gekicher zwischen den Beinen der Passanten herumzugrabbeln. Als ich fertig war, hatte sich Arianna noch weiter in den Schatten des Hauseingangs zurückgezogen. Also wandte ich ihr den Rücken zu, und so verharrten wir lange, sie im Schatten und ich mit dem Orangenduft in der Nase, der noch von meinen Fingerspitzen ausging, und mit Blick auf den Menschenstrom, an dessen Ufer wir uns klammerten. »Sag das nie wieder«, sagte sie dumpf, »versprich es mir.«

»Na gut«, sagte ich.

»Gut«, sagte sie, und ihre Stimme drang aus dem Schatten wie ein kurzes Gitarrensolo mitten in einem Orchester, zunächst vorsichtig und dann mit jeder Note funkelnder, »wohin führst du mich zum Essen aus?«

»Zu *Charlie*?« Es war das angesagteste Restaurant in der Stadt.

»Du bist ja verrückt«, sagte sie lachend. Dann hob sie eine vergessene Orange vom Gehweg auf und begann sie zu schälen. »Lass uns irgendwohin gehen und eng zusammen sein, das reicht.«

»Das reicht überhaupt nicht«, sagte ich.

Ich hatte das Geld für die Miete in der Tasche und Lust, es komplett auf den Kopf zu hauen. Das schaffte ich auch fast in einem nicht weit entfernten, eleganten und teuren Restaurant mit in ihrer Hemdbrust steifen Kellnern. Wir bestellten Palmherzen, Pfeffersteaks und Burgunder. »Wie herrlich es ist, reich zu sein!«, sagte sie. »Es gibt dir so ein Gefühl von Sicherheit! In Venedig habe ich nicht darüber nachgedacht, das habe ich erst hier in Rom entdeckt. Aber in Venedig hatte ich Eva, während ich sie hier nicht mehr habe«, sagte sie. Denn ich hätte ja keine Ahnung, was Eva früher gewesen sei! Jetzt sei sie ein hysterischer Snob, aber oh, sie könne nicht vergessen, was sie in ihrer Jugend gewesen sei! Gott, wie schrecklich zu altern! Sie wolle nicht alt werden, sie wolle das nicht! Für uns Männer sei das anders, je älter wir seien, desto reizvoller seien wir, ich sei für ihren Geschmack zu jung, ob ich das wisse? Aber für die Frauen! Wie schrecklich sei das Altern für die

Frauen! Doch wäre Eva nicht gewesen, wäre sie gestorben oder vollkommen durchgedreht, ob ich das wisse? Aber wie könne sie ihr verzeihen, Livio derart zugrunde gerichtet zu haben? Sie habe ihn mit ihrem Geflirte und ihrer Nachtschwärmerei genötigt, auch während der Trainingsphasen bis morgens um vier aufzubleiben, bis er aufhörte zu spielen, und als er aufgehört hatte, habe sie sich von ihm scheiden lassen. Denn Livio Stresa sei ja mit Eva verheiratet gewesen, ob ich das gewusst hätte? So sprach sie, und ich sah ihn wieder vor mir, wie er im Theaterfoyer Evas Glas gehalten hatte, und mir wurde klar, dass sein Leben wohl wirklich ziemlich verkorkst war. Trotzdem konnte ich es mir nicht verkneifen, ihn ein bisschen herabzusetzen. Warum haue er nicht ab? Was seien das bloß für Leute, die pausenlos versuchten, sich zu verlassen, und doch panische Angst davor hätten, dass es ihnen gelingen könnte.

»Okay«, sagte sie, während sie den Kellner, der ihr Glas nachfüllte, mit einem Lächeln enteiste, »Schluss mit den traurigen Geschichten. Erzähl mir was Lustiges, wie die Geschichte mit dem Konjunktiv, als du betrunken warst.«

»Nein«, sagte ich, »wir sollten lieber hier verschwinden. Wir könnten schlechte Gewohnheiten annehmen. Hast du Lust auf einen Spaziergang?«

Sie sagte, sie habe zu allem Lust, und so gingen wir raus, schlenderten ziellos herum und blieben von Zeit zu Zeit vor einem erleuchteten Schaufenster stehen. »Oh«, sagte sie beim Anblick eines buntgeblümten Seidenkleids, das nur für sie auf der Welt zu sein schien, »warum bist du nicht reich? Ich kaufe mir furchtbar gern Kleider!« Selbst wenn ich eine kleine Chance, es zu werden, gehabt hätte, wäre sie nach der Restaurantrechnung nun in weite Ferne gerückt. Ich legte Arianna den Arm um die Taille, und sie folgte mir bereitwillig, bis wir in eine Gasse einbogen, wo ich stehen blieb und meine Hände auf ihre Brust legte. Ihre Brüste unter der leichten Bluse waren klein, fest und rührend. Sie lehnte sich an die Mauer und schaute mich mit großem Ernst an. »Oh, bitte!«, sagte sie, »sei nett zu mir.« Wir küssten uns langsam, immer wieder, und nahmen jedes Mal den Kopf zurück, um uns anzusehen, während die Stille so groß war, dass wir hören konnten, wie der Fluss unter den Brücken dahinströmte. »Komm, wir gehen zu mir«, sagte ich. Wieder waren wir im Schatten, und wieder drang aus dem Schatten zunächst ernst und dann funkelnd ihre Stimme. »Bist du verrückt geworden?«, sagte sie lachend. »Ich will keinen Sex, hast du das noch nicht kapiert?« Sie küsste mich ein letztes Mal leicht auf den Mund. »Komm«, sagte sie und nahm meinen Arm, »eine Spritztour wird uns beiden guttun.«

»Bist du sauer?«, fragte sie, als sie ins Auto stieg. »Sag nicht nein, es ist nicht zu übersehen, dass du stinksauer bist.« Sie lächelte noch immer, und falls sie das tat, um mich zu ärgern, hatte sie Erfolg. Wortlos nahm ich das Buch von Proust von der Rückbank. Es schien unberührt zu sein. »Ich will mir was ansehen«, sagte sie plötzlich und bog in Richtung Fluss ab. Sie fuhr zum umbertinischen Viertel und hielt vor einer zweistöckigen Villa, die in einem großen Garten stand. »Riechst du das?«, sagte sie, als sie aus dem Auto stieg. »Das ist Flieder.« Ich kannte ihn gut, diesen Duft, so wie ich auch die Villa gut kannte. Es war die von Sant'Elia. »Gefällt sie dir?«, fragte Arianna. Das letzte Mal, als ich daran vorbeigegangen war, Jahre zuvor, hatte ich ein rotes Schild gesehen, das sie zur

Miete anbot. Die Fenster waren neu gestrichen worden, und der Garten war viel gepflegter gewesen als früher. Es herrschte eine Atmosphäre von Stille und Zurückhaltung, die es zu meiner Zeit nicht gegeben hatte, und alles in allem hatte ich den Eindruck, dass sie nun ein anderer Ort war. Sie gefiel mir nicht. »Na ja«, sagte Arianna, »Combray ist es nicht gerade, aber doch ein annehmbarer Ersatz, findest du nicht? Wenn du in so einem Haus wohnst, kriegst du Lust, nur noch Musik zu hören, dich um den Flieder zu kümmern und Marmelade einzukochen.«

Was die Musik anging, war dieser Ort passender, als sie wissen konnte, doch ich erzählte nichts von Sant'Elias Konzertflügel, und genau in dem Augenblick ging die Laterne am unteren Ende der Treppe an. Ein Bach-Choral kam zu uns herüber. Arianna horchte auf, und kurz darauf erschien ein Mann in Hemdsärmeln oben auf der kurzen Freitreppe. Er war hochgewachsen und schlank, mit einem Halbkranz grauer Haare über dem knotigen Nacken. Er hatte Ähnlichkeit mit Picasso, war aber größer, jünger, härter. Er ließ seinen Blick schweifen, dann stieß er einen leichten Pfiff aus. Hinten aus dem Garten war sofort das Geräusch von aufgewirbeltem Kies und ein Kläffen zu hören, zwei Doggen tauchten auf und sprangen die Treppe hoch. »Aus«, sagte der Mann, musste aber ihren Ansturm über sich ergehen lassen. »Aus!«, sagte er nun entschiedener, und die Hunde kuschten, wobei sie ungeduldig winselten, bis der Mann ihnen was zum Fressen hinstellte. »Und ab«, sagte der Mann. Die Hunde unternahmen einen schwachen Versuch, sich zu widersetzen, während der Bach-Choral aus der offenen Tür lauter wurde. »Und ab!«, wiederholte der Mann, und die Hunde zogen ab, wobei sie ihn unendlich traurig ansahen, aber er wandte sich weg, und im Nu war alles vorbei, Mann, Hunde, Licht und Musik. Ich schaute Arianna an. »Ich komme jeden Abend her«, sagte sie.

»Und warum?«

»Keine Ahnung«, sagte sie, »vielleicht ist es ein Ritual, Rituale vermitteln immer ein Gefühl von Sicherheit. Manche Leute gehen dafür in die Kirche. Ich komme hierher.«

»Wer ist das?«

»Oh, ein Maler.«

»Er hat zu viel Ähnlichkeit mit Picasso, um gut zu sein«, sagte ich, und im selben Moment fiel mir das Riesenposter von Picasso in ihrem Schlafzimmer ein. Dumm gelaufen, sie hatte es nicht wegen Picasso an die Wand gehängt. Ich war stinkwütend. »Bring mich zu meinem Auto«, sagte ich.

»Aber wieso denn«, fragte sie überrascht, »findest du das nicht ein bisschen früh?«

»Nein«, sagte ich, »ich bin müde. Und mach deine Selbstbefriedigungsspielchen gefälligst allein.«

Ihr Gesicht verhärtete sich. »Du könntest wenigstens darauf verzichten, vulgär zu sein«, sagte sie.

»Ja«, sagte ich, »könnte ich.« Dann sagte ich nichts mehr, und so stieg auch sie ins Auto und fuhr abrupt los. Als wir zu dem alten Alfa kamen, stieg ich ein, ohne mich von ihr zu verabschieden. Sie wollte noch etwas sagen, überlegte es sich aber anders, schlug die Autotür zu und fuhr mit quietschenden Reifen weg. Ich saß da und schaute ihr nach, bis sie hinten in der Straße verschwand. Ich war am Ende, was das angeht, und um nicht in einer Bar zu landen, fuhr ich schnurstracks nach Hause. Als Erstes schaltete ich das Radio ein und schob meinen Sessel in die Nähe der Tischlampe, dann legte ich ein Kissen auf die Stelle, wo er durchgesessen war, zog meine Zigaretten in Reichweite und schlug ein Buch auf, um mich der verführerischen inneren Stimme hinzugeben, mit der wir lesen. Die anders für jeden von uns ist, wenn die Seelen sich unterscheiden, und gleich, wenn sie sich gleichen, aber in jedem Fall perfekt, ohne Misstöne. Die nicht eingesetzte Stimme, die wir vielleicht haben, bevor wir schreiend zur Welt kommen.

Als die Klingel schrillte, war es, als würde das Haus einstürzen. Der Stromstoß zuckte mit der Heftigkeit eines Erdbebens durch die Stille des Hauses. Mit heftig klopfendem Herzen ging ich zur Tür. Da stand sie und lächelte mich an, als wäre ich der alte Bogart. »Donnerwetter, was für ein Krach!«, sagte sie und wies auf die Klingel. »Ich habe beim einzigen Türschild ohne Namen geklingelt.« Sie kam herein und warf sich einen Blick im Spiegel des Vorraums zu. »Oh«, sagte sie ihr Haar schüttelnd, »ich bin wunderschön. Findest du nicht?« Ich antwortete nicht, und sie zuckte mit den Schultern, bevor sie das Zimmer über dem Tal betrat. »Hier wohnst du also«, sagte sie und schaute sich um. Die Wohnung war komplett verwahrlost, mit aus den Wänden ragenden Steckdosen, bis auf den Boden reichenden Rollladenbändern, Zeitungsstapeln in den Ecken und mit einem kaputten Fernseher, der unter einem Haufen schmutziger Hemden begraben war. Auch ein Paar Hosen, das an einer Türklinke hing, gab es. Ich nahm es und warf es hinter den Sessel, doch das sah sie, was die Sache noch schlimmer machte. »Hier wohnst du also«, sagte sie noch einmal und schaute sich weiter um. »Sieht ja aus wie ein Schlachtfeld. Hast du niemanden, der dir hilft? Eine Haushälterin oder so.« Sie setzte sich aufs Bett. »Hast du die Absicht, was zu sagen, oder nicht?«

»Doch«, sagte ich. »Wenn es dir nicht gefällt, kannst du ja gehen.«

Einen Augenblick verharrte sie reglos, steif, dann schaute sie auf ihre kaputte Uhr. »Entschuldige«, sagte sie, »ich weiß, es ist recht spät, um Leute zu besuchen.« Ich bemerkte, dass sie sich die Schuhe ausgezogen hatte und aufstehen musste, um sie unter dem Bett hervorzuholen. Also ging ich zu ihr und umarmte sie von hinten. Sie rührte sich nicht. »Ich bin gekommen, um mit dir ins Bett zu gehen«, sagte sie mit einer etwas heiseren Stimme.

Wir blieben so, unbeweglich, und warteten darauf, dass etwas passierte, dass einer von uns die nächste Bewegung machte. Schließlich öffnete ich die Arme, und nach kurzem Zögern begann sie sich auszuziehen. Sie tat es, ohne mich anzusehen, schnell, als wäre sie allein und wollte schlafen gehen. Mein Herz sprang hoch, als sie ihren Slip ablegte, und zum ersten Mal in meinem Leben empfand ich Scham. »Und du?«, sagte sie, nachdem sie sich mit dem Laken zugedeckt hatte. Ich setzte mich zu ihr. »Bist du immer noch sauer?«, sagte sie sanft. Ich schüttelte den Kopf, hatte noch den Lichtblitz ihres Körpers in den Augen und war schüchtern. Ich löschte das Licht, bevor ich mich auszog, und als ich neben ihr, neben diesem kleinen, harten Körper, lag, ohne sie zu berühren, versank ich in Kummer. »Streichle mich«, sagte sie leise, während das Radio die Seufzer der Außenwelt zu uns trug, »nur das, bitte.« Ich legte meine Hand auf ihren kleinen, flachen Bauch, schaffte es aber nicht, sie zu bewegen. Ich war eiskalt und unglücklich, in mir war nichts, nicht ein bisschen von der

Wärme, die ich mehr als alles andere in meinem Leben gern gehabt hätte, die sehnsuchtsvolle Wärme, die vom Bauch aus meinen Körper durchzogen hätte, bis sie mich zu ihr gebracht hätte. Und ihre leise, flehende Stimme war noch schlimmer. Anstatt sie mir näherzubringen, entfernte sie sie noch mehr, machte sie unerreichbar, und ich war eiskalt, untätig und voller Traurigkeit. Im Radio wechselten sich immerfort Knacken und Satzfetzen mit sehr klaren Musikblitzen ab, und es war sehr spät, als ich aufstand und es ausschaltete. Arianna hatte sich zwischen den Laken aufgesetzt. Mit dem Rücken an der Wand auf dem Bett kauernd betrachtete sie mich schweigend. Also setzte ich mich ihr gegenüber, und wir sahen uns reglos an, forschend, bis wir uns wieder hinlegten. Doch es hatte sich nichts geändert, und am Ende schlief sie ein.

Bei Tagesanbruch wurde die Luft kühler, und die Bäume im Tal füllten sich mit Vogelgesang. Arianna erwachte, und wir lauschten ihm, während das Zimmer heller wurde. Dann stand sie auf, um sich anzuziehen. »Bleib, wo du bist«, sagte sie und gab mir einen ihrer leichten Küsse auf den Mund. Aber ich trat ans Fenster, um sie noch einmal zu sehen. Sie war auf dem Weg zum Gittertor, gegen das Licht der Morgenröte gestemmt. Sie hantierte am Schloss, dann stieg sie ins Auto und fuhr weg. Ich ging zurück ins Zimmer über dem Tal. Beim Anblick des ungemachten Bettes krampfte sich mein Magen zusammen, also warf ich alles durcheinander und brachte es sorgfältig wieder in Ordnung. Doch die Laken bewahrten noch ihren Duft, und ich ging mir einen Tee kochen.

Während ich darauf wartete, dass das Wasser kochte, schaltete ich das Radio ein. Es brachte alte Songs und Nachrichten aus der Welt. Alles in allem war sie wohlauf.

5 Ich wurde von der Stille geweckt. Die Wohnung war voller Licht, aber obwohl es fast Mittag war, drang kein einziges Geräusch durch die offenen Fenster herauf. In der Nacht musste noch etwas anderes passiert sein, etwas, das sich gerade unweigerlich vollendete. Ich sprang aus dem Bett und stürzte auf den Balkon. Das Tal schwieg unter der Last eines klaren, ruhigen Himmels, und die Luft hielt still wie in Erwartung eines Omens. Ich brauchte eine Weile, bis ich begriff, dass es die Hitze war. Schlagartig wusste ich, was zu tun war. Es ist seltsam, wie der Wechsel der Jahreszeiten in uns den Wunsch weckt, an einem anderen Ort zu sein. Womöglich weil die Luft sich verändert und uns ein anderes Klima empfiehlt, womöglich weil wir merken, dass die Zeit vergeht und wir stillstehen, Tatsache ist jedenfalls, dass ich jedes Mal, wenn sich das Wetter änderte, Lust bekam, die Segel zu setzen. Meistens tat ich nichts dergleichen. Doch an diesem Vormittag beschloss ich, sie zu setzen. Ich packte ein paar Hemden und Bücher in einen kleinen Koffer und frühstückte, wobei ich überlegte, welche Orte für mich mit den Geldreserven, die ich hatte, erreichbar waren. Es waren nicht viele, weder Orte noch Geldreserven. Die Orte wurden auch immer weniger.

Ich dachte an den Norden. Nicht an Mailand, eine Rückkehr nach Hause war nicht das, was ich brauchte, ich dachte aus irgendeinem Grund an Stresa am Lago Maggiore, das zu dieser Jahreszeit voller Azaleen und voller weißgekleideter, alter Knaben sein musste, die bei einem Glas Orangenlimonade im Schatten großer Bäume und im Angesicht von Europa, das sich an den Bergen zeigte, Zeitung lasen. »Ja, das ist nicht übel«, sagte Graziano Castelvecchio, als am frühen Nachmittag das Telefon klingelte, »fahr auf jeden Fall nicht nach Kreta. Da gibt's nichts als Steine.« Er war tags zuvor oder vor zwei Tagen zurückgekommen, er wusste es nicht mehr so genau, er wusste nur noch, dass er mich gesucht hatte, das ja. »Triff jedenfalls niemals übereilte Entscheidungen. Ich warte hier auf dich«, sagte er, »sie ist wirklich eine Schönheit.«

Mit der Schönheit war die Piazza Navona gemeint, und als ich dort ankam, überfiel mich wie immer der dumme Gedanke, der Himmel dort wäre schöner als über dem Rest der Stadt. Ich entdeckte Graziano sofort. Er trug einen seiner legendären weißen Anzüge, saß auf einem Stuhl des *Domiziano* und wandte sein blasses, von einer dunklen Brille geschütztes Gesicht der Sonne zu. Er hatte sich einen Bart wachsen lassen und hatte keine Hand frei, in der einen hielt er ein Glas Bier, in der anderen ein Glas Scotch. »Trink nicht so viel«, sagte ich, wobei ich von hinten an ihn herantrat, »weißt du denn nicht, dass Alkohol langsam zum Tod führt?«

»Macht nichts«, sagte er, »ich kann warten.« Es war ein altes Spiel. Wir küssten uns auf die Wangen, und ich fragte ihn, warum der Bart. Er hob einen Finger, damit ich leiser sprach. »Ich bin inkognito hier«, sagte er, »Bart und Sonnenbrille. Wie ein verdammter Cool-Jazz-Musiker.« Ihm fehlten die Drogen, doch er sagte, das sei was für Studenten, und es gehe nichts über einen guten Tandem-Drink. Er nahm es ernst, das Trinken. Einmal hatte ich gesehen, wie er ein Bier an die Lippen führte und es sich in den Ausschnitt seines Hemdes kippte. Ich konnte mich nicht erinnern, je ein so klassisches Beispiel für eine Koordinationsstörung abgegeben zu haben, auch in meinen besten Zeiten nicht. »Damit verrätst du dich aber«, sagte ich, »kein Mensch trinkt so im Doppelpack wie du.«

»Stimmt nicht«, sagte er und hob die beiden Gläser, »auch das ist jetzt alles anders. Nicht mehr den Scotch in der Linken und das Bier in der Rechten, sondern das Bier in der Linken und den Scotch in der Rechten. Ich bin doch ein cleverer Kerl. Wie geht es dir?«

»Vor wem versteckst du dich denn?«

»Vor meiner Frau, mein Junge, vergiss nicht, du hast mich nicht gesehen«, sagte er, »aber glaub ja nicht, dass ich darauf reinfalle, ich habe dich gefragt, wie es dir geht.«

»Wie soll's mir schon gehen«, sagte ich und ließ meinen Blick über die Piazza schweifen, »gut geht's mir.« Um diese Zeit war sie voller alter Knaben, Kinder auf Fahrrädern und um den Brunnen sitzender Mütter. In den Bars im Schatten der Kirche tranken ein paar Gäste Kaffee und blätterten die Zeitungen durch. Fehlten bloß die Azaleen und der See. Ringsumher gab es nicht ein Gesicht, das wir kannten, dabei hatten wir hier vor einigen Jahren ständig Freunde getroffen, hatten uns quer über die Tische hinweg unterhalten und waren mit den Stühlen in der Hand herumgegangen, damit sie uns nicht weggeschnappt wurden. Diese Zeiten waren vorbei, nur die Kellner waren noch dieselben, die Kellner sind immer dieselben, egal was passiert, und als ich den alten Enrico mit seinem Gesicht eines erfolglosen Komikers entdeckte, bestellte ich einen Orangensaft. Graziano feixte. »Du glaubst doch wohl nicht, dass ich darauf reinfalle«, sagte er, »das kannst du deinem besten Freund nicht weismachen wollen. Ich weiß genau, dass du dich im Klo einschließt, um dir deine kleinen Muntermacher zu genehmigen, wenn es dunkel wird.«

»Von wegen«, sagte ich, »das ist gelogen, und das weißt du auch.«

»Natürlich«, sagte er, »ich lüge und weiß, dass ich lüge. Nur dass es traurig ist, nach Hause zu kommen und mit Vitamincocktails gefeiert zu werden. Kannst du mir erklären, warum du aufgehört hast?«

»Aus Angst davor, dass ich es schaffe.«

»Was denn?«

»Zu sterben«, sagte ich.

Er schwieg einen Augenblick, dann zündete er sich eine Zigarre an. Er brauchte eine Weile, und als er fertig war, schenkte er mir ein strahlendes Lächeln. »Bravo«, sagte er, »bist ein cleverer Kerl«, und er streckte auf seinem Stuhl die Füße wieder Richtung Sonne aus. Doch hinter seiner dunklen Brille beobachtete er zwei junge Männer am Tisch gegenüber. Sie hatten langes, sorgfältig gekämmtes Haar und trugen indische Sandalen, Gürtel und Hemden. Sie versuchten, Flöte zu spielen.

Plötzlich blies Graziano den Zigarrenrauch zu ihnen rüber. »Was für Revoluzzer-Pfeifen«, sagte er. Die zwei hörten auf zu spielen und sahen sich an. Dann zeigte ihm der Kräftigere der beiden die Flöte und sagte liebenswürdig: »Willst du die in deinem Arsch haben?« Graziano lächelte hinter seiner Sonnenbrille. »Der Klang würde sich ja nicht sehr verändern«, sagte er. Da stand ich auf und legte Geld auf den Tisch. Ich kannte seine Art, er wusste nie, wann Schluss war. »Hast du die Typen gesehen?«, sagte er, als wir unter den Arkaden weggingen, »denen habe ich's aber gezeigt, was?«

»Sicher«, sagte ich, »denen hast du's gezeigt.«

»Na klar hab' ich's denen gezeigt. Die gehen mir dermaßen gegen den Strich, diese Revoluzzer-Pfeifen. Hast du gesehen, wie hübsch die sind? Mit ihren Zähnen knacken die Eisen wie weißen Nougat, mindestens.« Seine Zähne waren klein und kalkarm. Und das bewahrte ihm sein ärmliches Aussehen trotz seiner Klamotten für zweihunderttausend Lire. Immer sind es die Zähne, die die ärmliche Herkunft eines Menschen verraten, die Zähne und die Augen, und Hunger hatte Graziano im Krieg oft gehabt. Man hatte ihn zweimal operieren müssen, bevor man erkannte, dass nur die Erinnerung an den Hunger in der Kindheit die Ursache für seine Magenschmerzen war. Wir hatten uns die Jacketts ausgezogen und spazierten in der Sonne. »Also«, sagte ich, »nur Steine auf Kreta?«

»Und nicht eine Schleuder.«

»Große Steine?«, fragte ich und begriff, dass es ihm auch diesmal nicht gutgegangen war.

»Große Steine, kleine Steine, Steine in allen Größen. Wie öde!«, sagte er, während wir zum Campo dei Fiori kamen. Wir schlenderten an den Verkaufsständen des Marktes entlang, der hell und voller Verlockungen war, nur Giordano Brunos Statue war düster und schwieg, doch die hatte ihre Gründe. Am Ponte Sisto wollte Graziano nicht über den Fluss, weil er zu sehr in die Nähe seiner Frau geraten wäre, die, wie alle Amerikanerinnen auf der Suche nach Folklore, in Trastevere wohnte. Ich kannte Sandie kaum, eine Frau mit vielen Ecken und Kanten und ein Dutzend Jahre älter als er. Tochter eines Wurstkönigs, als Mitgift hatte sie ihm einen Bentley, einen hellblauen Pudel, fünfzehnjährige Zwillinge und einen unbestimmten rauchigen Geruch mitgebracht. Graziano ließ sie links liegen, musste aber damit aufhören, als er nicht mehr fähig war, mit ihr ins Bett zu gehen. Das war bei ihr zu Hause, in Texas, während einer Reise passiert, als ihm klar wurde, wie unglaublich reich sie war. Von dem Moment an konnte er sie einfach nicht mehr anfassen. Impotenz aus Bestürzung nannte er das. Deshalb reisten sie auch so viel, damit Graziano auf andere Gedanken kam, doch je mehr er reiste, umso bestürzter wurde er. Und die Reise nach Kreta war dann tödlich. Nach einem Monat, in dem er seinen Roman hätte beenden sollen, hatte er ein griechisches Mädchen namens Niarcos kennengelernt, sie hatten zusammen die Segel gesetzt und dabei vier Millionen von seiner Frau mitgehen lassen. Die hatten sie innerhalb einer Viertelstunde im Kasino von Korfu verloren. Der ursprüngliche Plan war, das Kapital zu verdoppeln, Sandie das Geld zurückzugeben und sich auf eine kleine ägäische Insel zu verziehen, aber Niarcos war am Morgen nach dem Reinfall im Kasino verschwunden, und er hatte seine Frau anrufen müssen, damit sie kam und ihn im Hotel auslöste, wo man ihn in Erwartung der Zahlung gefangen hielt. Sandie war mit den Zwillingen gekommen, und als Graziano ihr als einzige Rechtfertigung ermutigende Nachrichten seinen untätigen Appendix betreffend überbrachte, fing er sich einen Schlag mit der Handtasche ein, der ihm ein Auge lädierte. »Aber Leo«, sagte er, wobei er die Sonnenbrille abnahm, um mir sein noch immer dunkel umflortes Auge zu zeigen, »sie war klasse! Niarcos, meine ich. Ein absolut heißer Feger, du machst dir keinen Begriff. Und nicht verwandt mit einem Rockefeller, hörst du, nur mit dem Croupier, vielleicht.« Er schwieg einen Augenblick, mit den Gedanken bei Niarcos. »Und überhaupt«, sagte er, »was willst du auch vom Leben erwarten, wenn das Erste, was du kriegst, wenn du auf die Welt kommst, eine Ohrfeige ist?«

»Sehr tiefsinnig«, sagte ich, »und dann?«

»Und dann Pech, mein Junge, höllisches Pech. Ich dachte, da der Untätige einmal in Fahrt gekommen war, würde er nun wieder funktionieren, und weil das der einzige Weg ist, um sie zu beruhigen, Sandie, meine ich, nehme ich sie und schmeiße sie aufs Bett. Sehr männlich, Herrgott noch mal. Aber von wegen, sie lag da, bereit, sogar Jesus Christus zu vergeben, und ich Fehlanzeige. Ich lag da und dachte an Niarcos, wie ein erledigter Finanzmann.«

»Na ja«, sagte ich, »so was kommt vor.«

»Was du nicht sagst«, sagte er düster. Dann verstand er. »Was du nicht sagst«, wiederholte er, »ist das dem alten Matador etwa auch passiert?«

»Heute Nacht.«

»Mein armer Junge«, sagte er und legte mir den Arm um die Schulter, »willst du deshalb die Segel setzen?« Ich fühlte mich zu einer Antwort nicht imstande, und wir setzten uns auf die Brüstung, um auf den Fluss zu schauen, der dreckig, träge und gleichgültig war. »Ich weiß wenig von Göttern«, sagte Graziano in erhabenem Tonfall, »halte aber den Strom ...«

»Ich weiß nicht viel von Göttern, halte aber den Strom für einen mächtigen, braunen Gott«, sagte ich, »das ist Eliot, mein Junge, so kannst du den nicht zitieren.«

»Was soll das, denkst du etwa, du kannst mich in die Tasche stecken? Hör zu: finster, ungezähmt, unbändig, in gewissem Maße geduldig«, sagte er mit erhobenem Zeigefinger, »und wie war das mit der See und dem Strom?«

»Der Strom ist in uns, die See ist um uns.«

»Bravo, mein Junge! Was liest du gerade?« Als ich sagte, die *Ilias*, schaute er zum Himmel. »Oh Mann! Hör sich einer das an. Ich bin weit weg und leide Höllenqualen, und was macht er? Er liest die *Ilias*.«

»Doch nur, damit wir bei deiner Rückkehr Gesprächsstoff haben«, sagte ich, »warst du denn nicht an den homerischen Meeren?«

»Ich bitte dich«, sagte er, »nichts als Steine.«

»Und das Meer? Wie war das Meer?«

»Das Meer?«, er dachte kurz nach, »es war um uns, das Meer.«

Wir blieben diesseits des Flusses und schlenderten im schweren Schatten der Platanen weiter. Ab und zu machten wir Halt, um das Panorama der beiden Ufer zu betrachten, das sich mit den Flussbiegungen veränderte, und immer noch ging es um Kuppeln und um Brücken und um alte Häuser, vollgesogen mit Licht, als wollten sie es für die Zeit der Dämmerung bewahren, bis schließlich die Engelsburg auftauchte, massiver und dunkler als alles Übrige, mit dem verwitterten Engel obendrauf. »Wir müssen irgendwas tun«, sagte Graziano, »du, was hast du vor?«

»Das habe ich dir doch gesagt.«

»Das hat doch keinen Zweck, mein Junge. Du musst dich entscheiden. So kannst du nicht weitermachen.«

»Was soll das«, sagte ich, »fängst du jetzt auch noch an?«

»Na klar«, sagte er, »das tue ich für dein Seelenheil. So kannst du nicht weitermachen«, sagte er und wies auf den

Engel, »was sagst du, wenn der Engel der Dreißigjährigen dir mit seinem flammenden Schwert erscheint und dich zum letzten Mal fragt, was du aus deinem Leben zu machen gedenkst?«

Ich sagte ihm, dass ich meinen Schutzengel auf ihn hetzen würde. »Das ist dann sein Bier«, sagte ich, »wütend genug ist er«, sagte ich, doch Graziano war mit seinen Gedanken woanders und sagte nichts. Wir gingen weiter zur Piazza del Popolo, wo wir in jeder Bar auf eine Nachricht von Grazianos Frau stießen, was er ignorierte, wobei er sich mit schwindelerregenden Trinkgeldern die Komplizenschaft des Personals sicherte. Zum Bezahlen zog er jedes Mal ein aufregendes Geldbündel aus seiner Jacketttasche. »Der Roman ist tot«, sagte er unversehens beim Verlassen einer Bar.

»Das sagen alle.«

»Meiner«, sagte er. Das tat mir leid, er war sein einziger Halt gewesen. »Zu schwierig und zu unnütz. Wir müssen langsam mal was Bleibendes machen, was sollen wir sonst dem Engel erzählen?«, er hob seinen dünnen Zeigefinger, »du müsstest langsam wissen, wie die Dinge eigentlich liegen. Soll dir dein bester Freund sagen, wie die Dinge eigentlich liegen?«

»Mit der gebotenen Vorsicht.«

»Ich habe eine Theorie. Großartige Erfindung, das mit den Theorien, viel besser als die Praxis. Sieh dich um«, sagte er, als wir zwischen Leuten, die aus ihren Büros kamen, die Via del Corso hinuntergingen, »gibt es was, dem du dich zugehörig fühlst? Nein, gibt es nicht. Und weißt du, warum nicht? Weil wir zu einer ausgestorbenen Spezies gehören. Wir sind bloß Überlebende. Genau das«, sagte er und blieb stehen, um sich eine Zigarre anzuzünden. Weil wir, falls ich das nicht wisse, geboren seien, als das alte, schöne Europa seinen klarsten, gründlichsten und endgültigen Selbstmordversuch hingelegt habe. Wer seien denn unsere Väter? Leute, die sich an den Fronten von nicht mehr existierenden Vaterländern gegenseitig umgebracht hätten, das seien sie. Wir seien zwischen zwei Fronturlauben geboren, und die Hände, die die Lenden unserer Mütter liebkosten, hätten vor Blut getrieft, gar nicht mal so schlecht das Bild, mit anderen Worten, wir seien die Söhne von alten, kranken, vertrottelten Männern. Jedenfalls von Zerstörten oder Zerstörern. Wir hätten die kaputtesten Väter der Menschheitsgeschichte. »Sprich nur für dich«, sagte ich, doch mir fiel das Schweigen meines Vaters wieder ein, als er noch am Tag seiner Heimkehr aus dem Krieg in der Küche den Stuhl repariert hatte, und ich sagte nichts mehr. Ich solle mich einmal umsehen, unsere heroischen Erzeuger hätten nach ihrer Rückkehr den üppigsten, fröhlichsten und vulgärsten Leichenschmaus der Menschheitsgeschichte veranstaltet. Sie hätten noch mehr Kinder gezeugt, wie diese Revoluzzer-Pfeifen, die einem die Sitzplätze streitig machten, und wir? Wir seien eine unangenehme Erinnerung, Überlebende des Gemetzels, und alles, was wir tun könnten, sei, uns mit den Resten zu begnügen.

»Wenn wir Glück haben«, sagte ich und dachte an die Schale mit den Erdnüssen bei den Diaconos. Dann dachte ich an den alten Alfa und an die Wohnung über dem Tal. Es stimmte, alles, was ich besaß, waren die hinterlassenen Reste von irgendwem anders. Außer Arianna, doch die besaß ich ja nicht. »Okay«, sagte ich, »könnten wir Überlebende diese Reste nicht in die Form eines leckeren Hamburgers bringen? Ich habe Hunger.«

»Das kann man«, sagte er, »aber was machst du, wenn dein Engel erscheint, bietest du ihm dann Hackfleisch und Zwiebeln an?«

»Und ein Salatblatt«, sagte ich, »was hättest du denn im Angebot?«

»Einen Film«, sagte er, »wir drehen einen Film, was hältst du davon? Die Geschichte von einem, der, wenn der Engel zu ihm kommt und ihn fragt, was er mit seinem Leben anfangen will, nach Hause geht und seinen Vater umbringt.« Er dachte kurz nach. »Oder wir drehen einen schönen Western«, sagte er, »was läuft im Moment am besten?«

»Ein Western«, sagte ich, »den Titel habe ich schon. *Die letzten Mohikaner*, wie findest du das?«

»Du alte Turboschwuchtel«, sagte er, »dass man mit einem wie dir nie ernsthaft reden kann. Kannst du denn nicht einmal ein bisschen ernst sein?«

»Und wer gibt das Geld?«

»Jetzt bist du zum Heulen«, sagte er und setzte sich auf die Stufen der Spanischen Treppe. »Sandie, wer denn sonst? Sobald du ihr die erforderlichen Sicherheiten geben kannst. Du hast nicht zufällig einen Gummipimmel?«

Es gab Azaleen auf der Treppe, überall große Schalen mit Azaleen, dazu die Maler, die Hippies, die Touristen und die Schmuckverkäufer. Ein klarer römischer Abend legte sich auf die Dächer, der Wind trug den Blumenduft zu uns und wehte in unsere Hemden. Graziano schwieg erschlafft und warf einen Blick auf den Verkehr rings um den Brunnen. Der Wind fuhr in seinen Bart und ließ das Ende der Zigarre, die er weich zwischen den Zähnen hielt, rot aufglühen. Die Stadt streichelte uns. Allmählich fiel es nicht mehr so schwer, an Arianna zu denken. Eigentlich war nichts Irreparables passiert. In dieser Stadt passierte nie etwas Irreparables, höchstens etwas Trauriges, aber nichts Irreparables. Und ich wollte sie ohnehin noch mal sehen, wenn ich schon wegmusste. Um diese Uhrzeit war sie wohl in Evas Laden, um ihre Patiencen zu legen. »Lass uns die Segel setzen«, sagte ich, »ich kenne hier in der Gegend Leute, die uns was zu trinken spendieren können.«

»Reste«, sagte er, »immer nur Reste.« Dann stand er auf, folgte mir die Stufen hoch bis zur Trinità dei Monti und die Straße runter bis zu Evas Geschäft. Als wir die Treppe erklommen, klammerten wir uns ans Geländer, dann stießen wir die Glastür auf, die eine Glocke läuten ließ. Wir trafen auf den Komödienschreiber, der gerade etwas vorlas, auf das Model, auf Livio Stresa und auf diesen Paolo, diesen Journalisten mit dem besonderen Händchen für Frauen, der neben Arianna saß. Ich wurde begrüßt, als wäre es das Normalste der Welt, dass auch ich dort war.

Das war, nein, nicht unangenehm. Ich stellte alle vor, während Graziano in dem plötzlichen Bedürfnis, die Form zu wahren, auf der Suche nach einem Ärmel mit seinem Jackett kämpfte. »Wie geht's?«, sagte er. Arianna lächelte ihn an. Er verlor kurz die Fassung, knöpfte sein Jackett zu, wollte zu ihr gehen, stolperte aber über den Teppich und wäre beinahe hingefallen. Sie lachte. Bis dahin hatte ich nicht bemerkt, wie betrunken er war. »Warum setzt ihr euch nicht?«, sagte Eva, »das scheint mir sicherer zu sein«, doch ich sagte, wir müssten gleich wieder los, wir hätten eine Verabredung. Graziano sah mich verdutzt an, dann spielte er mit und zog an seinem Zigarrenstummel. »Genau«, sagte er, »jede Menge Verabredungen. So sind wir nun mal.«

»Nur ganz kurz«, sagte Arianna, die aufgehört hatte, die Karten auf dem Tisch umzudrehen, »bitte!«

»Wenn sie doch noch was vorhaben«, sagte Eva. Die anderen schwiegen und sahen uns liebenswürdig lächelnd an.

»Aber sie sind doch gerade erst gekommen!«, sagte Arianna. Etwas in ihrer Stimme traf Graziano an einer hochempfindlichen Stelle, weshalb er wieder zu ihr schaute, wobei das Lächeln auf seinen Lippen erlosch. »Wem gehört sie?«, sagte er, ohne den Blick von ihr zu wenden. Jemand lachte, und er regte sich auf. »Was denn«, sagte er, »darf man hier nicht mal eine Frage stellen?« Dann verstummte er plötzlich und suchte torkelnd nach einem Halt. Das Einzige, was er zu fassen bekam, war ein kleiner Tisch mit einer chinesischen Vase darauf, die nun wackelte. Für einen Augenblick zogen alle ein Gesicht, als würden sie deren Aufprall hören. Evas erdfahles Gesicht amüsierte mich, und ich nahm Graziano am Arm, um ihn zu einem Stuhl zu bringen. »Setz dich niemals hin«, sagte er mit erhobenem Zeigefinger, »es könnte sein, dass kein Mensch vorbeikommt, um dir wieder aufzuhelfen«, dann schob er mich beiseite, um Arianna besser zu sehen, »worüber wollen wir sprechen?«

»Über den Konjunktiv?«, sagte sie.

»Darüber, wohin ich, du und Leo essen gehen wollen«, sagte Graziano, »Leo ist der hier. Mein bester Freund.«

»Das dachte ich mir schon«, sagte Arianna.

»Hattet ihr nicht eine Verabredung?«, sagte Eva, die sich von dem Schreck erholt hatte, aber erneut die Lippen zusammenpresste.

»Gestrichen«, sagte Graziano, »alle Verabredungen gestrichen. Warum kommen Sie nicht auch mit? Wir essen alle zu sammen ein paar Reste bei *Charlie*. Charlies Reste sind die besten der Stadt.«

»Vergiss es«, sagte ich, »vielleicht ein andermal.«

»Das sagst du immer. Ich kenne dich, du bist ein cleverer Kerl.«

»Ich verspreche es dir«, sagte Arianna.

»Okay, okay«, sagte er mit erhobenem Zeigefinger, »sei niemals aufdringlich. Das ist kein guter Stil. Ich stehe jetzt auf«, sagte er dann an seine Beine appellierend. Ich wollte ihm helfen, wurde aber zurückgestoßen, und so sahen wir alle seiner Wiederauferstehung zu. Sie gelang ihm beim dritten Versuch, und Arianna kicherte. »Hilf dir selbst, dann hilft dir Gott, stimmt's?« Er schaute sie an. »Hilf dir selbst, dann hilfst du dir ganz allein«, sagte er. Dann küsste er ihr und auch Eva und dem Model die Hand. Wirklich korrekt, was das angeht, aber inzwischen zu spät, um noch den Schein zu wahren. Uns blieb nur, schnellstmöglich die Segel zu setzen. Arianna brachte uns zur Tür. »Wie geht es dir?«, fragte sie sanft. »Wie soll's mir schon gehen«, sagte ich, »gut geht's mir.« Sie schaute uns nach, als wir die Treppe runtergingen, was die Dinge nicht einfacher machte, denn Graziano drehte sich dauernd nach ihr um. Draußen ging es besser. Der Abendwind weckte seine Lebensgeister. »Wem gehört sie?«, fragte er noch einmal.

»Keinem.«

»Das kann nicht sein. Ist sie denn nicht dein Mädchen?«

»Nein.«

»Prima«, sagte er, »dann gehe ich jetzt nach Hause, nehme eine Dusche und gehe zu ihr.« Stattdessen gingen wir in eine Trattoria in der Via del Babuino, wo er beim Eintreten lauthals die besten Reste des Hauses verlangte. Dann machte er sich mit gesenktem Kopf über einen Riesenteller Makkaroni in Schlagoberssauce her. Er aß hastig und schweigend, als verabreichte er sich eine Transfusion. »Das kaufe ich dir nicht ab«, sagte er abrupt und sah vom Teller auf, »das ist dein Mädchen.«

Um Mitternacht landeten wir in einer Diskothek, einem dunklen, lauten Laden wie alle Läden dieser Art, voller Gespenster. Wir hatten uns einen Tisch weit weg von den Lautsprecherboxen genommen, doch das hatte nichts genützt, wir mussten uns in die Ohren schreien, um miteinander zu sprechen. Ich wäre gern gegangen, aber Graziano starrte auf einen großen, leuchtenden Würfel mitten im Raum, auf dem ein paar langbeinige Mädchen tanzten. Eine davon gefiel ihm, und unversehens stürzte er sich ins Gewühl und verlangte, dass ich ihm folgte. Wir tanzten eine Weile zu dritt, was das Mädchen aber nicht zu stören schien. Im Grunde bewegte sich dort jeder für sich allein, wie auf der Eislaufbahn. Plötzlich tauchte aus der Dunkelheit ein weiteres Mädchen auf, das einsam durch den Raum schlenderte, und so waren wir zu viert.

Es gelang uns, die beiden auch bei uns zu behalten, als die Musik uns eine Pause gönnte, wir gingen an den Tisch zurück, wo Graziano eine Flasche Champagner bestellte, den die Mädchen wie Orangensaft tranken. Sie waren nicht übel. Sehr selbstsicher, was das angeht. »Gestatten«, sagte Graziano, »Gazzarra und Castelvecchio. Die letzten Mohikaner.« Eines der Mädchen fragte, ob wir zu einer Rockgruppe gehörten. »Na ja«, sagte Graziano, »eher zu einer Schockgruppe.

Wollt ihr noch Champagner?« Doch sie wollten lieber tanzen, und wir folgten ihnen, fest entschlossen, uns zu amüsieren. Wenig später versuchten wir unter Ausnutzung unserer durch zwei teilbaren Zahl und der Tatsache, dass bei uns Champagner geflossen war, sie an uns zu ziehen, aber sie machten sich nichts aus Zudringlichkeiten und entwanden sich unseren Armen, wobei sie sich weiter sanft wiegten, was die Sache nur noch schlimmer machte. Mit einiger Beharrlichkeit konnten wir sie eine Weile festhalten, bevor der DJ auf die grandiose Revival-Idee kam, einen Presley-Song von vor einem Dutzend Jahren aufzulegen. »Hörst du das, Leo?«, sagte Graziano augenzwinkernd über die Schulter seines Mädchens hinweg, »der alte Elvis!« Doch sie hatte sich ärgerlich losgerissen. »Kann es sein, dass die hier noch Schellackplatten spielen?«, sagte sie zu ihrer Freundin. Sie wollten lieber plaudern.

»Schallplatten sind das Einzige, was durch den Fortschritt langsamer geworden ist«, sagte ich, als wir zum Tisch zurückkamen. Ich hielt das für ein gutes Gesprächsthema, doch es schlug bei ihnen ein wie eine Bemerkung über das Wetter. Sie tranken und warfen schnelle Blicke in den Raum. »Verdammt noch mal, Mädels!«, sagte Graziano, »na kommt schon, unterhalten wir uns ein bisschen. Bei euch mit euren hochgereckten Näschen fühle ich mich nach dem ganzen Champagner wie der letzte Tattergreis.« Sie schauten ihn verblüfft an, und vielleicht hätten sie auch noch was gesagt, wenn nicht plötzlich ein junger, langhaariger Typ in roten Samtklamotten an den Tisch gekommen wäre und Grazianos Mädchen die Hände hingestreckt hätte. »Kommst du?«, sagte er. Als das Mädchen aufstand, wurde Graziano blass und stürzte sich, bevor ich irgendwas unternehmen konnte, auf den Kerl.

In der Dunkelheit und dem Durcheinander merkte keiner, dass es an unserem Tisch eine Prügelei gab. Außerdem dauerte das Ganze nicht lange. Graziano verlor seine Sonnenbrille und setzte sich mit zerrissenem Hemd wieder hin. »Was ist das denn für ein Arschloch?«, sagte der von den Mädchen zurückgehaltene Kerl laut. Sie ließen uns sitzen. »Dem werd' ich's zeigen!«, sagte Graziano keuchend, »zeigen werd' ich's diesen Revoluzzer-Pfeifen. Und wie jetzt, ich spendiere den Champagner, und der haut mit den Mädels ab? Ich nehme erst mal eine Dusche, dann gehe ich zu ihm und schlage ihm die Fresse ein.« Aber er war erledigt. Schnappte lang ausgestreckt auf dem Stuhl nach Luft und hatte nicht mal die Kraft, sein Glas zu halten. Er brauchte eine Weile, um sich zu erholen, und eine Zeitlang starrte er auf seiner Lippe kauend ins Dunkel, dann stand er auf und nahm Kurs auf die Toiletten. Doch mitten im Raum blieb er stehen und stieg auf den großen, leuchtenden Würfel. Als er oben war, rührte er sich nicht. Er starrte auf den Boden ein paar Meter unter ihm. Als ich begriff, was er vorhatte, war es schon zu spät. Ich sah ihn dieses Spiel nicht zum ersten Mal spielen, dachte aber, wenigstens damit, mit diesem Theater, hätte er Schluss gemacht. Er schwankte ein bisschen am Rand, dann ließ er sich mit dem Gesicht nach unten auf den Boden fallen.

Ich bahnte mir mit den Ellbogen einen Weg durch die Leute. Er lag mit dem Gesicht auf dem Linoleum, beängstigend reglos. Jemand berührte ihn an der Schulter, mit dem vorsichtigen Widerwillen, mit dem man einen Unbekannten anfasst, dem auf offener Straße schlecht geworden ist. Ich drehte ihn so behutsam wie möglich um. Sein Bart war blutverschmiert. »Lucky Strike«, sagte er ruhig. In solchen Augenblicken rauchte er nichts anderes. Ich gab seine Bestellung an die Kellner ringsumher weiter, und kurz darauf kam eine Lucky. Ich klemmte ihm die brennende Zigarette zwischen die Lippen. »Lasst ihn rauchen«, sagte ich zu den Kellnern, die ihn aufrichten wollten, »wenn er fertig ist, steht er auf.« Und wirklich wollte er wenig später, dass ich ihm aufhalf. Ich brachte ihn zur Toilette und wartete vor der Tür, bis er genug gereihert hatte, dann wischte ich ihm mit einer Handvoll nassem Toilettenpapier das Gesicht ab. Er hatte eine blutunterlaufene Beule mitten auf der Stirn. »Oh Mann, was für ein Ding«, sagte er, wobei er sie mit den Fingerspitzen betastete, »hier, fühl mal, das pocht wie ein Herz.« Ich versuchte auch, sein Hemd sauber zu kriegen, aber ich machte das Ganze nur noch schlimmer. »Lass es gut sein«, sagte er, »Hemden habe ich jede Menge.« Um zum Ausgang zu kommen, mussten wir erneut quer durch den Raum, doch er wollte nicht, dass ich ihm half. Er ging kerzengerade, mit steifem Oberkörper. Nach einem Selbstmordversuch braucht man immer viel Würde.

Er wollte kein Taxi, wir machten uns zu Fuß auf den Weg, doch er wurde sofort müde, sodass wir uns auf die Stufen einer Basilika setzen mussten, die eindrucksvoll an einer menschenleeren Piazza aufragte. Er zündete sich eine Zigarre an und ließ seinen Blick an der Kirchenmauer entlangschweifen, bis er eine kleine Pforte entdeckte und aufstand, um nachzusehen, wohin sie führte. Wir kamen in einen Kreuzgang, dessen wenige Pfeiler aus Felsbrocken bestanden. »Oh Mann«, sagte er, »schon wieder Steine.« Über uns taten sich hohe Ziegelgewölbe auf, und wenn man hochschaute, sah man den Sternenhimmel, unterteilt in Kreise, Ellipsen und Dreiecke wie diese Karten, auf denen die Planetenbahnen verzeichnet werden. Als wir so herumstöberten, hörten wir es in der Stille gegen eine Scheibe klopfen, und an einem noch erleuchteten Fenster erschien ein Priester. »Was wollt ihr?«, fragte er leise und freundlich.

»In welcher Etage wohnt Gott?«, sagte ich. Graziano, im Schatten, kicherte vor sich hin. Der Priester schwieg eine Weile und überlegte, was er davon halten sollte, dann zeigte er nach oben. »Im Dachgeschoss«, sagte er, »aber jetzt schläft er. Soll ich ihm was ausrichten?«

»Ja«, sagte Graziano, »dass wir ihn gesucht, aber nicht gefunden haben. Jetzt ist er am Zug.«

»Versucht es tagsüber noch mal«, sagte der Klosterbruder, »und jetzt geht, und vergesst nicht, die Tür zu schließen. Gute Nacht.«

»Hast du den Bruder gehört? Ein cleverer Kerl war das«, sagte Graziano, als wir wieder draußen waren, »was meinst du, wo kriegen wir jetzt ein Taxi her? Ich bin am Ende.« Als wir eins gefunden hatten, ließen wir uns auf die Sitze fallen. Graziano fing an, den Song von Elvis zu trällern. »Kinder, was für ein irrer Typ!«, sagte er von Zeit zu Zeit, »einen wie den gab's noch nie, was, Leo? Weißt du, was wir jetzt machen? Wir fahren zu Sandie, wecken sie und sagen ihr, dass sie unseren Film finanzieren soll.«

»Die knallt uns ab.«

»Ach was«, sagte er, »sie ist eine Frau von Welt, was denkst du dir bloß? Sie weiß, dass ich der Herr im Haus bin. Irgendwie jedenfalls. Außerdem sind ja gar keine Waffen im Haus.«

Es war nicht nötig, sie zu wecken. Sandie war auf und ließ uns nicht weiter herein als bis in den Vorraum, der fast komplett mit einer Tischtennisplatte vollgestellt war. Grazianos verwüstetes Aussehen verstärkte ihre Wut noch. Wo hätten wir gesteckt? Was hätten wir gemacht? Sandies Gesicht war mit einer Cremeschicht bedeckt, um den Kopf trug sie ein Tuch. Sie war, was ihr Äußeres betraf, nicht gerade in Hochform, aber das störte sie nicht, und ich hatte Mühe, ihre Attacke abzuwehren. Graziano hatte sich mit einem schlauen Lächeln in den einzigen Sessel im Raum gesetzt und schaute uns schweigend zu. »Wollen wir nicht über wichtige Dinge reden?«, sagte er.

»Das ist jetzt nicht der richtige Zeitpunkt, Graziano«, sagte ich.

»Was für wichtige Ding?«, sagte nun Sandie, »das hier ist wichtige Ding! Wer zahlen Rechnungen? Wer zahlen Rechnungen ganzen Tag? Ich nicht durchfuttern deine Freunde, und ich will wissen, wer zahlen Rechnungen!« Die Zwillinge, auch sie hellwach, saßen stumm auf der Tischtennisplatte und glotzten uns kaugummikauend an. Graziano bemerkte sie und redete los. »Wieso seid ihr zwei denn noch auf?«, sagte er mit jeder nur möglichen Betonung, sanft, väterlich, besorgt, gereizt, herrisch. Er wirkte wie ein Schauspieler, der eine schwierige Rolle probt. Dann nahm er unversehens seinen Gürtel ab. Einen Moment lang dachte ich, er wolle ihn für die beiden Trotteltiere auf dem Tisch benutzen, doch er schnallte ihn sich um die Stirn, bevor er sich kopfüber auf den Sessel stellte. Das war sein Rezept gegen Haarausfall. »Du da, sieh ihm an!«, sagte Sandie wütend, »zu was sind die Haare gut?«

»Keine Ahnung«, sagte ich, »zum Kämmen?«

Graziano kicherte, und auch ich konnte mir ein Grinsen nicht verkneifen. Angesichts der Uhrzeit war der Witz nicht schlecht. Aber Sandie wusste ihn nicht zu schätzen und schrie. »Schwuchteln!«, schrie sie, und noch einmal »Schwuchteln!« Bei der Gelegenheit konnte ich die Segel setzen. Ich verbeugte mich, blieb an der Tür stehen und fragte Graziano, ob er mitkommen wolle. Er stand immer noch kopf. »Nein, Leo«, sagte er, »ich bin gerade erst gekommen, Sandie würde das krummnehmen.« Also ließ ich ihn zurück, während er das Leben aus der erträglichsten Position überhaupt betrachtete.

Aber ich war am Ende, was das angeht, und als ich auf der Gasse stand, die zum Ponte Sisto führt, fing ich an, gegen Mülltonnen zu treten und ihren Inhalt auf das Straßenpflaster zu kippen. Der Fluss war schwarz, und in der Ferne fegte in regelmäßigen Abständen der Leuchtturm vom Gianicolo den Himmel. Auf dem Campo dei Fiori wurden schon die Marktstände für den kommenden Tag aufgebaut, und ich nahm mir von einem Stapel Kisten zwei Äpfel, die ich auf dem Weg zur Piazza Navona aß. Mitten auf dem menschenleeren Platz prangte reglos der Brunnen mit seinem hellblauen Grund. Er war umwerfend, der Platz um diese Zeit, als wüsste er um seine Pracht und sein nutzloses Fortbestehen. Ich setzte mich in die Arkaden und betrachtete ihn, während ich darauf wartete, dass ich Lust bekam, nach Hause zu fahren. Doch diese Lust kam nicht, und so beschloss ich, dem Meer einen Besuch abzustatten. Die verlassenen Straßen verleiteten mich dazu, den alten Alfa auf Touren zu bringen, und in weniger als einer halben Stunde war ich da.

Es war weit, unermesslich und dunkel. Ich setzte mich ans Ende eines Piers. Das Meer ringsumher schmolz alle seine Münzen ein, und weit weg in der Finsternis blinzelten die

Lichter der Fischerboote. Wie sagte doch der alte Kavafis? Die Stadt wird dir folgen, sagte er, wo immer du hinfährst, sagte er, gib die Hoffnung auf, es gibt für dich kein Schiff und keine Straße, hast du dein Leben auf diesem kleinen Fleck vergeudet, so hast du es auf der ganzen Erde vertan. Ein cleverer Kerl war das, der alte Kavafis. Ich rauchte ein paar Zigaretten und dachte an den gepackten Koffer, den ich zu Hause gelassen hatte. Na schön, ich war da angekommen, wo ich ankommen musste. Mir blieb nichts weiter übrig als umzukehren.

Weit, weit weg begann sich der Himmel aufzuhellen, als ich nach Hause kam. Vor dem Gittertor parkte ein kleines englisches Auto. Ich kannte es inzwischen. Und auch das auf dem Sitz schlafende Mädchen darin. »Arianna«, sagte ich, »was machst du hier?« Sie brauchte eine Weile, bis sie begriff, wo sie war. Dann versuchte sie zu lächeln. »Oh, Leo!«, sagte sie, »ich hatte Angst, dass du nicht zurückkommst.«

6   Der Sommer kam unvorhersehbar früh. Anfang Mai herrschte für einige Tage ein ägyptischer Himmel ohne eine Wolke über der Stadt, sodass wir uns wie durch ein Wunder in der Hochsaison befanden. Die Kaffeebars rissen ihre Glastüren auf, unter den Sonnendächern am Flussufer röhrten die Jukeboxen die im Winter eingelagerten Songs, und Hunderte Kleinbusse kippten vor den Ruinen Touristenhorden aus. Der lange, zermürbende römische Sommer hatte begonnen, und ich hatte eine Entscheidung getroffen. Ich hatte Renzo Diacono gebeten, mich beim Fernsehen unterzubringen. Er hatte sich gefreut und mich zum Essen bei *Charlie* eingeladen, um mich eine Bewerbung unterschreiben zu lassen und mir von all den tollen Sachen zu erzählen, die ich tun konnte, sobald ich angenommen worden war. Er war sich sicher, dass ich der für die Situation passende Mann sei. Was für eine Situation das war, präzisierte er nicht, aber sicher war er sich trotzdem.

In der Zwischenzeit fuhr ich jeden Morgen mit Arianna ans Meer. Sie konnte Strandbäder nicht ausstehen, mit allen diesen Leuten unter den Sonnenschirmen und ihren Kofferradios, und so erkundeten wir lieber die Küste in nördlicher Richtung auf der Suche nach ruhigen Plätzen und einem Stückchen sauberem Meer. Das fanden wir auch, doch oft mussten wir über die Mauern einer noch unbewohnten Villa klettern, um zu ihm zu gelangen, und dort, auf dem Beton der sonnenbeschienenen Terrassen oder zwischen den Klippen eines Privatdocks, breiteten wir unsere Handtücher aus, um zu lesen und darauf zu warten, dass es Zeit wurde, baden zu gehen. »Ja, wirklich«, sagte Arianna, »eine Villa gibt einem immer ein Gefühl großer Sicherheit. Glaubst du, du kannst mir irgendwann eine kaufen? Ich brauche unbedingt eine Villa«, seufzte sie und legte sich in die Sonne. Anfangs hatte sie ihre Architekturbücher mitgebracht, aber meistens legte sie lieber eine Patience oder lag reglos da und kultivierte ihre Faulheit. Als ich angefangen hatte, *In Swanns Welt* vorzulesen, waren die Architekturbücher ganz aus ihrer Strandtasche verschwunden und gegen ein Kissen ausgetauscht worden, das sie sich unter den Kopf schob, um mir bequemer zuhören zu können. Es war schön, in der Sonne zu lesen, und gegen Mittag fuhr ich, nur in Hosen, mit dem Auto ins nächste Dorf, um Panini und Bier zu kaufen. Wenn ich zurückkam, spähte sie neugierig durch die Fenster in die Villa oder war schon im Wasser, falls die extreme Hitze ihre Angst davor, allein schwimmen zu gehen, besiegt hatte. Zu sehen, wie der eigene Schatten ihr auf dem Grund folgte, versetzte sie in Panik, und meistens schwamm sie auf dem Rücken. Gegen drei Uhr nachmittags schwirrten wir wieder ab, und in einigen Villen hatten wir uns so wohl gefühlt, dass wir einen Dankeszettel an der Tür hinterließen.

In der Stadt ging ich zur Zeitung und blieb dort, bis es Zeit fürs Abendessen war, dann ging ich zur Spanischen Treppe, um zwischen den Taxifahrern, die auf den Motorhauben ihrer Autos Baccara spielten, den Blumenverkäufern und den Touristen auf Arianna zu warten. Meistens kam sie zu spät, und ich vertrieb mir die Zeit damit, das Buch zu lesen, das ich in der Tasche hatte, aber nach jeder Seite aufzuschauen, um zu sehen, ob sie kam. Und sie kam tatsächlich, träge durch die Menge schlendernd, mit wegen der Autoabgase gerümpfter Nase und mit dem ungeöffneten Architekturbuch in den gekreuzten Armen. Sie suchte mich mit ihrem Blick, dann, wenn sie mich entdeckt hatte, ging sie noch langsamer und blieb, ein zufriedenes Lächeln unterdrückend, vor einem Schaufenster stehen oder lief zweimal um eine Laterne herum oder drehte sich ausgiebig nach einem lächerlich gekleideten Touristen um. Schließlich stand sie vor mir und gab mir einen flüchtigen Kuss. »Okay«, sagte sie, »glaub jetzt aber nicht, dass ich dich liebe, ja.«

Manchmal gingen wir zusammen zu Evas Geschäft, und das hieß, den Abend auch mit all den anderen verbringen zu müssen. Das kam nicht oft vor, denn inzwischen war klar, dass das Verhältnis zwischen Eva und mir tödlich war. Durch meinen Besuch mit Graziano war es ein für alle Mal besiegelt, denn oh, Eva konnte alles ertragen außer Säufer, und außerdem hatte sie erfahren, dass auch ich früher diese Schwäche gehabt hatte. Wenn alle zusammen waren, vermieden wir es, miteinander zu sprechen, und ich brachte die Zeit herum, indem ich mich mit den Diaconos und dem Schriftsteller mit dem weißen Schnauzer unterhielt und manchmal auch mit dem Supermodel, doch nur, um zu sehen, wie Arianna sich aufregte, bis ich endlich damit aufhörte. Danach redete sie eine Stunde lang nicht mit mir. Doch meistens gelang es uns, allein zu sein, und dann aßen wir in einem Lokal unter freiem Himmel, bevor wir durch die Stadt zogen, die kühl und lebhaft war und von Abenteuern und Verabredungen vor den Bars und an den Brunnen nur so wimmelte. Meistens waren wir auf der Suche nach Barockkirchen, weil Arianna eine

Abschlussarbeit vorschwebte, die Borrominis Überlegenheit über Bernini nachweisen sollte, und irgendwie endete es immer vor der Fassade des Oratoriums des heiligen Filippo Neri, die von den Scheinwerfern bleich in der Nacht war, blutarm und elegant wie eine Signora, die sich ausschließlich von Tee ernährt. Obwohl ich nicht verstand, was der Barock mit den hydraulischen Problemen bei der Rettung Venedigs zu tun hatte, folgte ich ihr auf diesen Streifzügen und küsste sie in Kircheneingängen, ihre Lippen so kühl wie ihr Busen, um dann bei mir zu Hause zu landen, wo wir bis zum Morgengrauen zusammmen schliefen und sie dann ging, um bei Evas Erwachen im eigenen Bett gefunden zu werden und sich für die nächste Expedition ans Meer fertig zu machen. Bis wir dann eines Morgens gleich vier Villen fanden, die von ihren rechtmäßigen Eigentümern besetzt waren, und uns klar wurde, dass es vorbei war.

An einem der ersten Juniabende teilte Renzo mir mit, dass ich zwei Tage später mit der Arbeit anfangen würde. Am darauffolgenden Morgen machte ich eine Bestandsaufnahme meiner Garderobe und stellte fest, dass ich nichts für den Anlass Passendes hatte, weshalb ich beschloss, mein restliches Geld in einen neuen Anzug zu investieren. Bei einer Kapitulation ist aus nicht ganz klaren Gründen der Besiegte stets eleganter als der Sieger, vielleicht um bessere Bedingungen herauszuschlagen, oder vielleicht weil man, wenn gar nichts mehr bleibt, entdeckt, dass auch das Erscheinungsbild immerhin noch etwas ist, und so klapperte ich die Läden im Zentrum ab. Ich fand einen Anzug in Weiß wie den von Graziano. Er war natürlich nicht aus dem gleichen Leinen, schlimmer noch, er war vielleicht gar nicht aus Leinen, aber er machte was her. Ich behielt ihn gleich an und ging zu Signor Sandro, um Arianna anzurufen. »Es gibt Neuigkeiten. Ich muss mit dir sprechen«, sagte ich und erklärte ihr, wo sie mich finden konnte.

»Erzähl es mir jetzt«, sagte sie, »du glaubst doch wohl nicht, dass ich es aushalte, bis ich dich sehe.«

»Versuch, am Leben zu bleiben«, sagte ich, »es lohnt sich.« Sie kam mit nicht mehr als zwanzig Minuten Verspätung auf dem sonnenheißen Gehweg angeschlendert. Ihre Absätze bohrten sich in mein Herz. Sie trug ein blauweiß gestreiftes Kleid, und es war das Erfrischendste, was ich je gesehen hatte. »Donnerwetter, was für eine Aufmachung!«, sagte sie laut und schaute mich an. »Und? Was gibt's?«

»Was willst du trinken?«, sagte ich nur. Sie wollte Grenadine, sie sei verrückt nach Grenadine, und ich bestellte zwei von Signor Sandros Spezialmischungen, zerstoßenes Eis mit Rum und exotischen Fruchtsäften, die je nach ihrem Zuckergehalt in einer Kokosnuss oder in einem Bambusrohr serviert wurden. »Eine *Vergine Perversa* und einen *Bambù*«, sagte ich zu Signor Sandro, und Arianna kicherte. »Reizende Kombination«, sagte sie. Mir war noch nie aufgefallen, welche Wirkung diese Paarung von »verdorbener Jungfrau« und »Bambusrohr« ergab, und nun lachte auch ich wie ein Idiot, während Signor Sandro mit der Zeremonie der Cocktailzubereitung begann. Arianna, die von jeder Zeremonie fasziniert war, sah ihm aufmerksam zu. Als der alte Barkeeper es bemerkte, wurde seine Hand noch leichter und eleganter. Dann stellte er das Resultat seiner Zauberkünste vor uns hin und wartete auf ein Urteil. Arianna beugte sich über den Strohhalm und zog zwei-, dreimal daran, dann schaute sie mit ihren großen Augen auf und lächelte. Signor Sandro erwiderte das Lächeln und senkte den Kopf. Sie hatten sich verstanden. »Was für ein Barkeeper!«, sagte sie laut, als wir durchgefroren und beschwipst auf die Straße traten, »ich bin verrückt nach ihm!«

»Klar doch«, sagte ich, »bist du nicht nach allen alten Kerlen verrückt?«

»Ach, hör auf, was wolltest du mir erzählen?« Aber ich spannte sie weiter auf die Folter, während wir zur Piazza San Silvestro zogen. Sie war so kribbelig, dass sie die Straße unbedingt bei Rot überqueren musste. Wir gingen zu *Remainders* und schlenderten jeder für sich zwischen den Regalen umher, doch von Zeit zu Zeit schaute ich auf, um sie vor dem bunten Hintergrund der Bücher zu betrachten, ihr ungeduldiges Profil und ihr Haar, das ihr im Weg war, diese Erinnerung ist die bedeutendste, wenn nicht sogar die schönste, die ich von dieser ganzen Geschichte habe, und schließlich trafen wir uns, unschlüssig, am Ausgang wie am Ende eines Labyrinths, wo ich ihr eine Ausgabe von *Unter dem Vulkan* schenkte, die sie nie las. »Also wirklich!«, sagte sie erschöpft, »sagst du mir jetzt, wozu die ganze Feierlichkeit?«

»Ich bringe mein Leben in Ordnung«, sagte ich, »ab morgen arbeite ich beim Fernsehen.« Sie blieb so reglos, wie sie gewesen war, die Augen fest auf die Photographie auf dem Buch gerichtet, auf diesen Lowry an einem See, mit weißen, ausgefransten Hosen und traurigem Bart. »Ich weiß nicht, ob mir das gefällt«, sagte sie schließlich. »Wieso?«, sagte ich. »Ich weiß nicht«, sagte sie, »du bist, wie du bist.« Und mit dieser unwiderlegbaren Behauptung beendete sie das Thema und weigerte sich den restlichen Nachmittag, darüber zu sprechen. Um irgendwas zu tun, machten wir einen Schaufensterbummel durch die Via Frattina, aber sie starrte auf die Auslagen, ohne sie zu sehen. Sie war extrem nervös, und als wir zum Abendessen in unser übliches Freiluftrestaurant gingen, aß sie ohne Appetit. »Warum machst du das?«, fragte sie plötzlich.

»Weil ich von Resten die Nase voll habe.«

»Was soll das heißen?«

»Es reicht, wenn ich das weiß«, sagte ich, und sie schwieg, wobei sie mit dem Boden ihres Glases herumspielte. Er war nass, und sie stempelte damit Kreise auf die weiße Papiertischdecke. »Bist du sicher, dass du das nicht für mich tust? Ich will nicht, dass du das für mich tust.«

»Ich tue das für mich«, sagte ich, »nur für mich.«

»Na, dann ist es ja gut«, sagte sie. Wir schwiegen eine Weile, obwohl ich am liebsten geschrien hätte, und als ich die Rechnung verlangte, tat ich es zu laut. Sie hörte auf, mit dem Glas zu spielen, griff nach meiner Hand und drückte sie kräftig. »Gehen wir zu dir?«, sagte sie. Sie hatte Angst, hasste jede Veränderung, dabei hatten wir einen so schönen Mai gehabt. Plötzlich überkam mich die Hoffnung, dass am Ende alles gut laufen würde und diese Nacht endlich anders sein würde. Doch so kam es nicht. Wieder landeten wir in meinem Bett und verausgabten uns in Zärtlichkeiten, horchten uns ab, flehten uns an, suchten nach den Worten, die nie gesagt wurden, *glaub jetzt aber nicht, dass ich dich liebe, ja*, bis uns die Morgenröte fand, aneinandergeklammert, eng umschlungen und reglos wie zwei Meeresfrüchte.

»Grundgütiger, was für ein Anzug!«, sagte Renzo, als er vor dem Fernsehgebäude aus seinem Mercedes stieg. Fürs Erste hätte es nicht mieser laufen können. In der Morgensonne spiegelte sich mein Anzug im Glaspalast, als wollte er ihn zertrümmern, während es ringsumher jede Menge Angestellter in dunkelblauen Jacketts und mit einer Pfeife zwischen den Zähnen gab. Ein weißer Rabe, oh Mann. Drinnen ging es etwas besser, weil mein Anzug in dem künstlichen Licht weniger herausstach. Dafür war es geradezu kalt, und der Angstschweiß, den der Anzug mir bescherte, vereiste mir den Rücken, während ich Renzo auf einem Flur voller Türen folgte. Wir hielten dort an, wo *Personalbüro* stand, und gingen hinein, ohne anzuklopfen.

»Guten Morgen, Dottor Diacono«, sagte eine Angestellte und kam uns entgegen, »guten Morgen, Signor Gazzarra.« Offenbar wurde ich erwartet. Die Angestellte war ein tüchtiges Mädchen, und kaum waren wir eingetreten, hatte sie auch schon eine Karteikarte in die Schreibmaschine gespannt. »Name?«, fragte sie, obwohl sie ihn gerade gesagt hatte. »Vorname?«, dann machte sie mit dem Namen meines Vaters weiter, und ich dachte an ihn, und mit dem meiner Mutter, und ich dachte an sie. Dann wollte sie wissen, wo ich geboren sei, und ich dachte an meine trostlose Heimatstadt, und wann dieses frohe Ereignis stattgefunden habe, und ich dachte an meinen Geburtstag im Morgengrauen vor drei Monaten in einer Bar bei heißem Milchkaffee an einer Busendhaltestelle. »Das war's schon«, sagte das Mädchen mit einem Lächeln, das jede Erwiderung ausschloss. Es war erniedrigend, in einer Kartei zu landen. Renzo schlug mir auf die Schulter. »Komm, ich zeige dir dein Büro«, sagte er und ging mir voran in einen

Fahrstuhl, der uns zu einem Zimmer bringen würde, in dem ich in einem Monat eine Summe verdienen sollte, die ich in meinem ganzen Leben noch nicht auf einem Haufen gesehen hatte.

Es war lang und schmal, mit zwei Tischen vollgestellt, und an einem davon saß eine hübsche Frau um die vierzig, die aufstand, als wir hereinkamen. Ich drückte die Hand, die sie mir entgegenstreckte, ohne dass ich ihren Namen verstand, aber ich dachte, mit der Zeit würde ich ihn schon lernen. Außerdem würde ich mich in diesem Büro nicht oft aufhalten müssen und früher oder später mit Renzo zusammenarbeiten. Eine Weile erging sich mein Freund in Lobeshymnen auf mich. Die Frau hörte bewundernd zu, wobei sie mir von Zeit zu Zeit einen erfreuten Blick zuwarf, den ich mit einem bescheidenen Lächeln erwiderte. Ich dachte, dass wir uns am Ende noch voreinander verbeugen würden, und so was Ähnliches geschah auch, als Renzo nach einem weiteren Schlag auf meine Schulter in sein Büro drei Stockwerke höher verschwand. »Haben Sie einen Studienabschluss?«, fragte die Frau, als wir allein waren.

»Ja«, sagte ich, »in Geduld.«

»Dann werden Sie hier Karriere machen«, sagte sie lachend, »außerdem gibt es hier solche Dumpfbacken, dass es schon reicht, kein Volltrottel zu sein, um als Genie durchzugehen.« Das war wohl so eine Art Motto, und ich sagte nichts, während sie mir unsere Arbeit erläuterte. Es ging darum, für die Inlandspresse ein Bulletin über die aktuell produzierten Programme zu verfassen. So sprach sie, und ich dachte an die Welt draußen. Was ich denn hätte? »Es ist kalt hier drin«, sagte ich rundheraus und rieb mir die Arme. »Ach ja«, sagte sie, »die Klimaanlage ist extrem und hat beim ersten Mal immer diesen Effekt. Man kann übrigens nichts dagegen tun, die Anlage wird zentral gesteuert.«

»Schön für sie«, sagte ich, doch ihr Vorrat an Morgenhumor schien aufgebraucht zu sein, denn mein kleiner Scherz entlockte ihr nicht den Hauch eines Lächelns. Stattdessen hielt sie mir einen Packen Bulletins hin, damit ich mich mit deren Stil vertraut machte. Ich hatte schon Besseres gelesen, aber ich blätterte sie durch, bis die Müdigkeit nach der schlaflosen Nacht mit Arianna und das frostige Klima die Oberhand gewannen und ich von regelrechten Kälteschauern geplagt wurde. Ich überlegte, ob ich mir in der Bar wohl eine leere Flasche Ballantine's besorgen könnte. Doch woher das heiße Wasser nehmen? Gab es irgendetwas Heißes in diesem Laden? Und ich hätte sie unter dem Tisch heimlich auf dem Schoß halten müssen. Wie ein Tattergreis in einer Welt, in der alle seine Freunde tot sind. »Wissen Sie, was Sie tun könnten?«, fragte meine Kollegin, während ich durch die Glaswand noch die brennende Sonne draußen auf der Straße betrachtete, »Sie könnten ins Büro von Dottor Laurenzi gehen und versuchen, ihm ein paar Informationen über die neuen, aus Amerika importierten Fernsehserien zu entlocken.«

»Gute Idee«, sagte ich mit der angemessenen Begeisterung, »wo finde ich ihn?«

»In Zimmer 212. Falls keine Zeit ist, warten Sie trotzdem.«

»Ich habe alle Zeit der Welt.«

»Ich meinte die von Dottor Laurenzi«, sagte sie. Ich wurde rot und stand auf. Falls er keine Zeit haben würde, wollte ich mich in die Bar verziehen, was sonst. Ich verließ das Zimmer und verirrte mich sofort in dem Labyrinth aus Korridoren und zusammengepferchten Zimmern, wo ich Sekretärinnen bei der Arbeit und pfeiferauchende Angestellte mit den Füßen auf dem Tisch sah, die auf eingeschaltete Fernseher schauten. Es gab auch jede Menge Leute, die untergehakt durch die Gänge schlenderten und eine süße Tabakwolke zurückließen, während ich Türen aufstieß, die Fenster waren, Fenster öffnete, die Abstellkammern waren, und auf die Knöpfe von Fahrstühlen außer Betrieb drückte. Irgendwann gab ich auf, blieb vor einem Fenster stehen, schaute auf den Innenhof und sah vor mir eine rötliche, durchsichtige Fassade, die mit der Regelmäßigkeit eines Schachbretts unterteilt war, und jedes Kästchen war ein Büro, einige mit einer Lampe auf dem Schreibtisch, um kundzutun, dass dies das Büro von irgendwem war, der irgendwas leitete, und je höher man die Stockwerke hinaufkletterte, umso mehr Lampen gab es, denn bekanntlich leitet es sich von oben besser. Verzweifelt hielt ich ein Mädchen an, um zu erfahren, wo das Zimmer von Dottor Laurenzi sei. Sie war eine von denen, die herumlaufen, als hätten nur sie den Durchblick, und sah mich an wie einen Trottel, bevor sie mich an einen Pförtner verwies, der seinen *Corriere dello Sport* widerwillig beiseitelegte, schöne Zeiten das, um mich an mein Ziel zu bringen.

»Was gibt's«, sagte Dottor Laurenzi höchstpersönlich, als ich in sein Büro kam. Er war wohl ungefähr in meinem Alter, aber in seinem Blick war kein Funken generationsbedingter Solidarität. Während ich ihm sagte, was es gab, musterte er meinen weißen Anzug, als wäre er das Schweißtuch Christi. »Ich habe keine Zeit«, sagte er dann. Er sah aus wie einer, der seinen Engel schon getroffen hatte, mit der Antwort, die er verdiente. Ich sagte, ich würde warten. »Aber nicht hier«, sagte er, und ich fragte ihn, ob in der Bar okay wäre. Die Weltläufigkeit meiner Antwort überraschte ihn. Er sah auf die Uhr. »Ja, in der Bar«, sagte er, »in fünfundvierzig Minuten.«

Jetzt musste ich sie nur noch finden, diese Bar, aber ich ließ mich von meinem Instinkt leiten, nahm den nächsten abfahrenden Lift und drückte auf den obersten Knopf. Als sich die Tür öffnete, drang sofort ein tröstliches Klingeln von Gläsern und Flaschen zu mir. Ich folgte dem Ruf und landete in einem riesigen Raum, dessen Glaswände den Blick auf die Stadt ringsumher freigaben. Ich bestellte ein *Tandem* und setzte mich auf einen Hocker an der Fensterfront. Nach einer Stunde und fünfzehn Minuten war Laurenzi immer noch nicht aufgetaucht, und je mehr Zeit verging, desto klarer wurde, dass er auch nicht mehr auftauchen würde, doch man hatte mir gesagt, ich solle auf ihn warten, also wartete ich.

Währenddessen beobachtete ich das Gedrängel an der Bar. Dort standen vor allem Angestellte mit Pfeife. Sie machte ordentlich was her, die Pfeife, und während sie plauderten, schlugen sie sie gegen den Aschenbecher oder zogen mit dem Daumen auf dem Pfeifenkopf an ihr oder stocherten krampfhaft mit einem Messerchen darin herum. Es war ein einziges Hantieren mit Tabakbeuteln, von Fingern, die zugriffen, stopften, sich krümmten. Die Kerle verbreiteten einen angenehmen Geruch, während ich ihre blauen Jacketts betrachtete, die blanken Schuhe, die leicht extravaganten Krawatten und die Pfeifen. Ich drehte mich zur Glasfront, um mir die Stadt anzusehen. Die Sonne brannte über Monte Mario, wo meine Wohnung mit dem Balkon über dem Tal lag. Es musste heiß sein, da draußen, in der unüberwindlichen Entfernung von einer Handbreit grünlichem Glas. Ich beschloss, dass ein zweiter Muntermacher mehr als gerechtfertigt sei, und wollte schon zur Bar, als ich den Regisseur entdeckte, den ich mit Renzo bei Signor Sandro getroffen hatte. Er lief mit demselben Armeeregenmantel herum und, so sah es aus, auch mit demselben Rausch. Ohne zu überlegen, ob er mich erkennen würde, ging ich zu ihm. Er schaute mich blinzelnd an und gab sich Mühe. Dann sagte er: »Garantierst du immer noch für dein Leben?« Mit dem grausamen Gedächtnis eines Alkoholikers für Lappalien erinnerte er sich an meine Bemerkung. »Nein«, sagte ich, »heute nicht.«

»Tja«, sagte er und warf einen Blick in die Runde, »das wird auch von Tag zu Tag schwieriger. Was trinkst du?«, dann sah er meine zwei Gläser, »du meine Güte«, sagte er, »du bist ja ein pfiffiges Kerlchen.« Er trank Pernod pur. Um elf Uhr vormittags. Mit unseren Gläsern in der Hand bahnten wir uns einen Weg durch das Gedränge zur Fensterfront, wobei er ständig jemanden grüßen und das Schulterklopfen von Leuten einstecken musste, die ihn nur beim Vornamen nannten, Corrado. »Was machst du hier?«, fragte er und hievte sich auf einen Barhocker. Er betastete die Scheibe, wie um ihre Festigkeit zu prüfen. Ich sagte, dass ich auch hier arbeitete. »Einmal habe ich dagegengeboxt«, sagte er gedankenverloren, »und mir zwei Fingerknöchel gebrochen. Und was arbeitest du?« Auch das sagte ich ihm. »Zwei Fingerknöchel, kein Witz. Warum kommst du nicht mit zu den Studios? Du wirst mit Neuigkeiten und Ruhm beladen zurückkehren. Wirst auf dem Feld geehrt werden, ja, wirklich.«

»Okay«, sagte ich, begeistert von der Idee, von diesem Ort wegzukommen. Wir rutschten von den Barhockern und glingen zu den Fahrstühlen. Er stützte sich mit einer Hand auf meine Schulter und behielt die andere zum Grüßen frei. Im Fahrstuhl kannte er niemanden, und so stützte er sich an der Wand ab. Als wir mit einem Hopser im Erdgeschoss hielten, öffnete er nach dem leichten Ruck wieder die Augen. Die große Vorhalle war menschenleer, und die Pförtner plauderten miteinander, während sie die Zutrittsberechtigungen kontrollierten. Ich hatte Angst, sie könnten mir den Weg versperren und mich fragen, wohin ich wollte, doch nichts dergleichen geschah, und nachdem wir die Glastüren aufgestoßen hatten, waren wir draußen, in der Sonnenglut.

Die Studios waren ein paar Kilometer entfernt, und wir nahmen meinen alten Alfa. Corrado betrachtete den Verkehr mit zu Schlitzen verengten Augen, einen Ellbogen aus dem Fenster gereckt. Der Wind wehte ihn an und füllte das Auto mit Schnapswirbeln. Es reichte, in seiner Nähe zu sein, um einen Vollrausch zu kriegen. »Also«, sagte er auf einmal, »der erste Tag ist nicht so schlimm, wie er aussieht. Du machst das schon.« Es war erstaunlich, er hatte meine Gedanken erraten. Ich sagte, schlimmstenfalls würde ich mir eine Pfeife kaufen. »Tja«, sagte er, »das scheint zu funktionieren, nur dass sie sich anscheinend nie auflöst, wenn sie im Glas ist.«

Aber er war ein kaputter Typ wie nur wenige. Am Eingang zu den Studios begrüßten ihn die Pförtner wie einen von ihnen, und drinnen war es auch nicht anders. Alle, die er traf, boten ihm was zu trinken an und begrüßten ihn, als wären sie die dicksten Freunde, doch sobald er ihnen den Rücken zudrehte, grinsten sie, denn obwohl er der größte Regisseur war, den das Fernsehen je gehabt hatte, der einzige, der ohne anzuklopfen ins Büro des Direktors gehen durfte, wussten doch auch alle, dass er am Ende war, und so grüßten ihn auch die letzten Hunde. Gegen eins war er komplett hinüber. Die Gänge waren voller seltsam gekleideter Leute, weil gerade die Folgen von zwei Historienschnulzen gedreht wurden. Wir sahen einen als napoleonischen Soldaten verkleideten Statisten, der an einer Toilettentür lehnte. »Bravo«, sagte Corrado und stieß die Tür auf, »hast du das für deinen Kaiser getan?« Der Mann sah ihn verständnislos an und setzte ein blödes Grinsen auf. »Tag, Chef«, sagte er.

»Kennst du die Geschichte von Napoleons Soldaten?«, fragte Corrado mit schwerer Zunge, während er in einem rätselhaften Kampfgetümmel die Kabine neben meiner benutzte. »Ja«, sagte ich. Es war die Geschichte eines Lanzenreiters in Austerlitz, der im Qualm und im Donner der Kanonen allen voran preschte, bis er Arme und Beine verlor, aber immer noch weiter vorrückte, unbeugsam, auf dem Boden kriechend mit der Fahne zwischen den Zähnen. Am Abend im Hospital verlieh ihm Napoleon einen Orden und fragte, ob er das für seinen Kaiser getan habe. »Nein«, sagte der Soldat. »Für deine Fahne?« – »Auch nicht.« – »Für dein Vaterland?« – »Auch das nicht.« – »Und warum hast du es dann getan?« – »Für eine Wette«, antwortete der Soldat. »Nette Geschichte«, sagte Corrado, »sehr lehrreich.« Dann schwieg er, und einen Augenblick später hörte ich einen dumpfen Schlag und ein Stöhnen. Ich hastete aus meiner Kabine in seine. Er lehnte an der Wand und hielt sich vor der Brust seine geschwollene, blutende Hand. Er hatte gegen die geflieste Wand geboxt und sah mich mit tränenden Augen verdattert an. Ich ging auf ihn zu, um ihm zu helfen, da merkte ich, dass er reihern musste. Gerade noch rechtzeitig konnte ich ihn über die Kloschüssel beugen. »Oh Mann«, stöhnte er. »Oh Mann!«, dann merkte ich, dass nicht er stöhnte, sondern ich. Als er sich umdrehte, wäre er fast auf mich gefallen. Es war eine Umarmung, doch vor allem das Bedürfnis, sich auf etwas zu stützen, was nicht die Kloschüssel war. »Setz dich«, sagte ich, »ich hole Hilfe.« Aber er schüttelte seinen schweren Kopf. »Wen willst du denn holen? Da ist keiner, den man holen kann«, jammerte er, »wir haben keine Welt mehr! Wir haben keine Welt mehr!«, und plötzlich hallte ein gewaltiger, entsetzlicher Schluchzer von den Fliesen wider. Erschrocken starrte ich ihn an. Oh Mann, wie konnte man nur dermaßen auf den Hund kommen? Instinktiv wich ich zurück bis zur Tür. »Ich setz dann mal die Segel«, sagte ich. Auf dem Gang entdeckte ich den napoleonischen Soldaten. Er sah besorgt aus. »Hol Hilfe«, sagte ich, bevor ich mich Richtung Ausgang davonmachte. Auf dem Gehweg blieb ich kurz stehen, um mich in der Sonne aufzuwärmen. Dann sprang ich in den alten Alfa und steuerte die Piazza Navona an.

Die Sonne überflutete sie. Es war Pausenzeit, und ich setzte mich mit der Hoffnung, Graziano zu sehen, ins *Domiziano*, wo ich Tramezzini mit Käse bestellte. Von Zeit zu Zeit schaute ich auf zur Kirchturmuhr. Die Tramezzini waren genießbar, aber der Gedanke, in diesen Glaspalast zurückzumüssen, schlug mir auf den Magen. Ich rauchte eine Zigarette nach der anderen und verfolgte das Weiterrücken der Uhrzeiger. Um halb drei wurde es dramatisch, um drei viertel schloss ich nach einem letzten Versuch, aufzustehen, die Augen und zählte bis hundert. Als ich sie wieder öffnete, war es zu spät, um noch pünktlich zu sein, und ich wusste, dass ich nicht in den

Glaspalast, sondern zum *Corriere dello Sport* gehen würde. Amüsiert stellte ich mir die hübsche Vierzigjährige vor, die sich fragte, wo ich blieb. Ich bestellte noch ein Bier und machte mich über die Tramezzini her, wobei ich überlegte, wie ich mein Gesicht wahren konnte.

»Du meine Güte, was für ein Anzug!«, sagte Rosario, als ich den *Corriere dello Sport* betrat, »du erinnerst mich an irgendwen.«

»Ja«, sagte ich, »an Lord Jim.« Dann fragte ich ihn, ob das Angebot einer festen Anstellung noch gelte. Er nehme das an, ja, aber wir müssten auf den Abteilungsleiter warten. Er freue sich. Ihm gefalle die Aussicht, dass wir zusammenarbeiten würden, denn mit den ganzen Mädchen fühle er sich wie im Hühnerstall, und außerdem könnten wir uns die Nachtdienste teilen. Auch der Abteilungsleiter freute sich, als er kam, über meinen Entschluss. Er war ein Wadenbeißer mit blauen Augen, der seine Hände nicht von den Armlehnen seines Bürostuhls nahm, so als müsse er sich pausenlos beherrschen, um einen nicht anzuspringen. Ich machte mich sofort an die Arbeit und hämmerte wie verrückt in die Tasten der Schreibmaschine, um einen Artikel nach dem anderen zu transkribieren, bis die Schicht vorbei war und die Mädchen wollten, dass eine Flasche Spumante geöffnet wurde. »Jetzt haben wir dich«, sagten sie, doch sie freuten sich auch.

Schlimm wurde es unterwegs, als ich in den vor mir liegenden, leeren Abend geriet. Nach Hause konnte ich nicht, weil Renzo zu mir kommen würde und ich mir erst noch eine stichhaltige Entschuldigung ausdenken musste, deshalb zog ich durch die Bars an der Piazza del Popolo und suchte Graziano, doch er schien sich in Luft aufgelöst zu haben. Da fiel mir

Claudia ein. Ich hatte nichts von ihr gehört, seit sie diesen Zettel an meine Tür gepinnt hatte. Ich hätte sie gern gesehen, war aber unschlüssig. Nicht, dass ich dachte, sie könnte sauer sein, dazu war unsere Geschichte schon zu lange her, aber ich dachte, ihr Leben könnte eine Richtung genommen haben, in der ich nicht mehr vorgesehen war. So was kam vor. Schließlich kaufte ich einen Strauß Blumen und wartete vor ihrem Haus auf sie.

Sie wohnte an einer kleinen Piazza in den Gassen von Trastevere und tauchte zur Abendbrotzeit mit einer Plastiktasche voller Lebensmittel auf. Sie war in Hosen und blauem T-Shirt. Durch die Clogs, die sie im Sommer immer trug, wurde ihr Gang noch wiegender, und ihre aufrechte Haltung brachte ihre runden Brüste zur Geltung. Ich ließ sie an mir vorbeigehen, ohne dass sie mich sah, dann folgte ich ihr auf der Treppe und griff nach ihrer Tüte. »Gazzarra!«, sagte sie laut, »mit Blumen!« Sie fiel mir um den Hals, und so umschlungen verharrten wir unter dem Blick des Portiers. Sie machte sich los, um mir forschend ins Gesicht zu schauen, und was sie auch sehen mochte, sie sagte nichts. Sie griff sich die Tüte und die Blumen und ging weiter nach oben. An der Eile, mit der sie das tat, erkannte ich, dass sie sich wirklich freute, mich zu sehen.

In der Wohnung, die ich allein betrat, während sie Biondella von der Nachbarin abholte, berührte mich der gewohnte Geruch nach Rauch, Küche und Kölnischwasser. Ich ging zum Fenster. Ein langer, samtweicher Sommerabend überflutete die kleine Piazza, auf der zwischen Restauranttischen die Kellner auf die ersten Gäste warteten. »Was für ein Anzug! Wo hast du den denn geklaut?«, sagte sie, als sie hereinkam. Noch ein Kommentar zu meinem Anzug und ich würde ihn mit einer Geflügelschere in Stücke schneiden. Claudia hielt mir die Kleine hin, ich nahm sie und setzte mich auf die Couch. Sie war gewachsen in den letzten Monaten, mit der unerbittlichen, langsamen Vorsätzlichkeit, mit der Kinder eben wachsen. Sie wusste nicht, ob sie mich erkennen sollte oder nicht, doch am Ende ließ sie sich auf mich ein, und wir spielten zusammen, während Claudia das Abendessen machte. Nach einer Weile kam sie, nahm sie mir mit der gewohnten Erfahrung ab und setzte sie ins Laufgitter. Sie behandelte sie mit einer zärtlichen Unbefangenheit, und als sie sich hinunterbeugte, brachten mich die zwei Blondköpfe so dicht beieinander auf den Gedanken, dass der Typ, der Claudia geschwängert hatte, bevor er sie heiratete und auf einem Motorrad gestorben war, wirklich gewaltiges Pech gehabt hatte.

»Wie läuft's in der Schule?«

Sie gab die alte Antwort: »Wie eine Katze mit langem Schwanz in einer Schaukelstuhlfabrik«, sagte sie.

»Immer noch im Clinch mit den anderen Lehrern?«

»Immer noch«, sagte sie, während ich anfing, ihr Bücherregal auf der Suche nach etwas Neuem zu durchstöbern. Ich fand die Briefe von Dylan Thomas an Vernon Watkins. »Er tut so, als würde Thomas ihm alles verdanken«, sagte Claudia, »es ist wirklich immer ein Fehler, vor den anderen zu sterben. Nimm die Hausaufgaben vom Tisch, wir wollen essen«, sagte sie, und ich räumte die Aufsätze ihrer Schüler vom Tisch. Mit den Korrekturen hatten wir früher schöne Abende verbracht.

»Was für Wein hast du?«, fragte ich.

»Schankwein vom Feinsten.«

»Kommt gar nicht in Frage«, sagte ich und war schon aus der Tür. Ich ging runter und ergatterte in einer Trattoria eine Flasche gekühlten Soave. »Das war Hemingways Lieblingswein, als er in Venedig war, wusstest du das?«, sagte Claudia, als wir uns an den Tisch setzten. Ich weiß nicht, warum, aber das rührte mich sehr. »Was hast du denn«, sagte sie, »du schaust so komisch. Nein«, sagte sie dann und legte mir eine Hand auf den Arm, »sag's mir nicht.«

Die Kleine schlief, wir aßen schweigend und lauschten auf die Geräusche, die vom Fenster herüberdrangen. Als das Telefon klingelte, zuckte Claudia zusammen und hob lebhaft den Kopf. Sie sah mich an und ließ es ein paar Mal klingeln. Dann ging sie ran. »Hallo«, sagte sie rasch in den Hörer. Sie wandte mir den Rücken zu, und eine Weile sagte sie immer bloß ja oder nein. »Ja«, sagte sie abrupt, »aber nicht heute Abend. Tut mir leid.« Am anderen Ende ließ man nicht locker, und sie kicherte. »Tut mir leid«, wiederholte sie, »aber ich kann wirklich nicht. Morgen ja. Tut mir leid.« Es war schwer, das auszuhalten und ihr nicht zu signalisieren, dass ich losmusste. Es war auch unfair, aber ich konnte es mir nicht leisten, fair zu sein. Als sie sich wieder zu mir setzte, stand ihr Gesicht in Flammen. »Na ja«, sagte sie, »er liebt mich …« Verzweifelt suchte ich nach einer geistreichen Antwort, fand aber keine. Also hielt ich den Mund. »Bleibst du hier?«, fragte sie und legte mir wieder ihre Hand auf den Arm.

»Wenn ich darf.«

Sie nickte und hing einen Moment ihren Gedanken nach, dann kreuzte sie die Arme und zog sich in einer fließenden Bewegung das T-Shirt aus, das sich eng an ihre weichen, vollen, nackten Brüsten schmiegte. Das Herz in meiner Brust begann wieder zu schlagen. Seit Monaten hatte es sich nicht geregt. Immer noch schweigend stand sie vom Tisch auf und zog sich, zusammen mit dem roten Slip, ihre Hose aus, dann ging sie mit dem schwingenden Schritt, den ich mehr als alles andere an ihr liebte, an Biondella vorbei, die sie kurz streichelte. Sie betätigte einen Hebel, und die Couch verwandelte sich in ein gemachtes Bett.

Wieder schlang sie ihre Arme um meinen Hals, und ich spürte ihre Finger in meinem Haar. Ich legte meine Stirn zwischen ihre Brüste, und so blieben wir, reglos, bis die leichte Neugier ihrer Finger allmählich meinen Körper erforschte und ihn wiedererkannte. Mit einem kleinen, wilden Schrei begann sie ihre Hüften zu bewegen. Es war eine langsame, rufende Bewegung, so alt wie die Brandung an einem Strand, und ich spürte die vergessene Betäubung in meinem verkrampften Bauch aufkeimen. »Oh, Leo!«, sagte sie leise, »mein lieber, lieber, lieber Leo!«, und sie hielt einen Augenblick inne, gerade die Zeit, dass ich sie nehmen konnte, dann wiegte sie sich weiter, liebkoste mich und rief mich lange: »Komm, Leo, komm, komm, komm, Liebster ...«, bis sie plötzlich wie getroffen erzitterte, sich hochdrückte und ihre Fingernägel in meinen Rücken grub.

Ich schlief schlagartig ein, wachte aber in der Nacht mehrmals auf. Einmal rauchte Claudia still und strich mir übers Haar, während durch das offene Fenster das Stimmengewirr aus den Restaurants der kleinen Piazza drang, das Klappern des Geschirrs und das melancholische Krächzen einer Trompete. Ich hörte reglos zu, bis ich wieder einschlief. Ich schlief bis zum späten Vormittag, dann stand ich in der leeren Wohnung auf. Neben dem schon fertigen Kaffee fand ich einen

Zettel, *Bleib, so lange du willst.* Im warmen Wasser der Badewanne dachte ich darüber nach, überlegte, ob ich bleiben sollte oder nicht, bis mir klar wurde, dass ich jetzt nur noch weggehen konnte und nie wiederkommen durfte. Und zum letzten Mal stand ich, wie schon so oft, in ihrer Wanne auf, trocknete mich ab, trank den Kaffee aus und ging, wobei ich die Tür sorgfältig hinter mir schloss.

7   Auf seiner Terrasse vor einem roten Sonnenuntergang, der von Hunderten Schwalben durchpflügt wurde, saß Renzo und zeigte viel Verständnis. Er erklärte, er hätte gleich begreifen müssen, dass das nicht der richtige Job für mich war. Es war sehr peinlich, einen Augenblick später hätte er mich um Verzeihung gebeten. »Schon gut«, sagte ich, »es war ein schöner Traum.« Violas Kichern wirkte etwas gezwungen. »Ich fürchte, dir ist wirklich nicht zu helfen, Leo!«, sagte sie, bevor sie ihre Aufmerksamkeit wieder auf ihren nackten Fuß richtete, mit dem sie die Hollywoodschaukel anschubste, auf der sie lag und Grapefruitsaft trank. In dem folgenden Schweigen überkam mich das Gefühl, dass Renzo diese Geschichte mehr zu schaffen machte, als er zu erkennen gab.

»Bleibt der Herr zum Abendessen?«, fragte der Butler, der mit der üblichen Mordsstille zwischen uns aufgetaucht war. Er machte kein Geheimnis aus seiner Sympathie für mich, und bei Tisch bestand er stets darauf, dass ich mir nachnahm. »Nein«, sagte ich, »ich habe eine Verabredung.«

Das stimmte nicht, aber wenn man Gefahr wittert, kann ein würdevoller Rückzug vieles zurechtbiegen. Weder Renzo noch Viola hielten mich zurück, und so stand ich auf und nahm mein Jackett. Renzo erkundigte sich nur noch, wann ich auf ein Spiel vorbeikommen würde, und Viola brachte mich zur Tür. »Ruf doch mal Arianna an«, sagte sie, bevor ich mich verabschiedete.

»Ist was passiert?«

»Nein, gar nichts«, sagte sie, »aber du weißt ja, was für ein Drama sie immer aus allem macht«, und so ging ich zu Signor Sandros Bar, um mir Mut anzutrinken und sie anzurufen. Das wollte ich schon den ganzen Tag, war aber jedes Mal bei der letzten Ziffer steckengeblieben. Trotz eines ordentlichen Muntermachers schaffte ich es auch diesmal nicht, also aß ich einen Hamburger und ging ins Kino. Wieder zu Hause, griff ich zu einem Buch, und es war zwei Uhr, als ich trotz des Radiogedudels ihre Schritte auf der Treppe hörte. Ich öffnete ihr, bevor sie das Haus mit einem schrillen Klingeln zum Einsturz bringen konnte. Offenbar hatte sie eine ganze Flasche Parfüm über sich ausgegossen, ich merkte gleich, dass sie hysterisch war. »Ich bin hysterisch«, sagte sie und kam herein, dann sah sie mich an, »ich dachte, sie hätten dir beim Fernsehen die Nachtschicht gegeben. Ich habe bis fünf vor dem Haus auf dich gewartet.«

Sie sollte aufhören, sie wusste doch genau, wie es gelaufen war. »Hör auf«, sagte ich, »du weißt doch genau, wie es gelaufen ist.«

»Ich?«, sagte sie, »ich weiß gar nichts.« Als sie an dem Spiegel im Vorraum vorbeikam, winkte sie ärgerlich ab, denn obwohl sie es sonst unter keinen Umständen schaffte, nicht in den Spiegel zu schauen, war sie jetzt so hysterisch, dass sie nicht einmal ihr eigenes Bild ertrug. Sie ging weiter bis zum Sessel und setzte sich auf das offene Buch, das ich dort liegenlassen hatte. »Und?«, sagte sie, allerdings wie üblich ohne irgendeinen Trost daraus zu ziehen. »Wie fühlt man sich so, wenn man sein Leben in Ordnung gebracht hat?«

Dass die Leute herumliefen und sich meine Sprüche merkten, wurde langsam unerträglich. Arianna sah mich unverwandt an, während ich geradezu körperlich die Anwesenheit des Buches unter ihren Schenkeln spürte. Offenbar hatte sie meine Gedanken gelesen. Sie rückte nur so viel beiseite, dass sie es zu fassen kriegte, und warf es auf den Boden. Ich spürte, wie Wut in mir aufstieg. »Heb das Buch auf«, sagte ich.

»Nein«, sagte sie, »das tue ich nicht.«

»Heb das Buch auf«, sagte ich noch einmal.

Sie sah mich herausfordernd an, beugte sich vor und hob es auf, doch kaum hatte sie es in den Händen, musste sie es unbedingt zerfetzen, dann warf sie es erneut auf den Boden. Als sie mich wieder anschaute, war etwas in ihr zerbrochen. »Oh, entschuldige!«, sagte sie mit Tränen in den Augen, »ich kauf dir ein neues, ja? Ich kauf dir ein neues!« Ich drehte ihr den Rücken zu und starrte die Wand an, um nicht die Beherrschung zu verlieren. »Ich habe mir solche Sorgen gemacht«, sagte sie weiter, »ich dachte, dir ist was passiert!« Ihre Fingernägel gruben sich in ihre Handflächen. »Nichts ist passiert«, sagte ich, »ich habe es bloß nicht hingekriegt, das ist alles.« Sie sammelte die verstreuten Buchseiten vom Boden auf. »Oh!«, sagte sie, »hättest du dir nicht ein bisschen Mühe geben können?«

»Für wen denn?«, sagte ich, »wofür denn? Außerdem hast du selbst gesagt, ich bin, wie ich bin.«

»Es ist doch nicht wahr«, sagte sie weinend, »du bist keine verkrachte Existenz.«

»Wer hat das behauptet?«

»Niemand«, sagte sie schnell, »niemand hat das behauptet.«

»Ich habe Arbeit als Journalist gefunden«, sagte ich. Man

musste schon recht kühn sein, um meine Beschäftigung beim *Corriere dello Sport* so zu bezeichnen, aber ich hatte das Bedürfnis, mich irgendwie aufzuwerten. Sie sah mich unsicher an. »Wirklich?«, sagte sie, »soll das heißen, dass du eine Festanstellung bei dieser Sportzeitung gekriegt hast?« Ich bestätigte das, und sie strich sich mit der Hand über die Stirn. »Oh, dann ist es ja gut«, sagte sie und beruhigte sich. Dann setzte sie sich wieder in den Sessel. »Kann ich hierbleiben?«, fragte sie, »ich weiß nicht, wo ich hinsoll.«

Sie hatte sich also mit Eva gestritten. »Hast du dich mit Eva gestritten?«, sagte ich. Es war, als hätte ich den Deckel von einem Dampfkessel genommen. Oh! Sie halte das wirklich nicht mehr aus! Es reiche jetzt! Diese Allüren einer Bienenkönigin machten sie fix und fertig! Hätte ich etwa gewusst, dass sie jetzt mit diesem Typ herumflirte, diesem Komödienschreiber mit der großen Nase, bloß weil eines seiner Stücke einen winzigen Erfolg gehabt habe? Könne man dermaßen dämlich versnobt sein? Livio sei buchstäblich am Boden zerstört, und ob ich wisse, was Eva tue? Sie umarme diesen Typ sogar vor seinen Augen! Und dann laufe sie herum und verurteile andere, ausgerechnet sie! Was täte ich denn da? »Na ja«, sagte ich und hörte auf, mich auszuziehen, »ich gehe ins Bett.« Ich war am Ende, was das angeht. »Tu, was du willst«, sagte ich, »wenn du nicht weißt, wohin, da ist der Sessel, aber hör jetzt auf mit diesen Geschichten. Sie kotzen mich an. Und erzähl mir nicht, du hättest dir Sorgen um mich gemacht.«

»Ich hab mir wirklich Sorgen um dich gemacht.«

»Okay«, sagte ich, »okay. Was willst du jetzt? Willst du Croissants, oder willst du ans Meer? Also, ich gehe ins Bett. Ich habe es satt, dein Blitzableiter zu sein.« So sprach ich, während sich ihre Augen wieder mit Tränen füllten, doch sie sagte nichts, und ich ging schlafen, mit dem Gesicht zur Wand, damit ich sie nicht sah. Auch sie hielt wohl meinen Anblick nicht aus, denn sie löschte das Licht. Das Zimmer füllte sich sofort mit Mondschein.

Was für eine Nacht. Durch das offene Fenster drang ein kühler Windhauch herein und fernes Grillenzirpen, aber sie rührte sich in ihrem Sessel nicht vom Fleck, und ich rief sie auch nicht. So blieben wir fast die ganze Nacht lang, bis ich in einen leichten, traumreichen Halbschlaf fiel. Gegen Morgen schreckte ich auf und schaute zum Sessel. Er war leer, und das Zimmer roch unbestimmt nach Flieder.

Trotzdem war es schön, am Morgen zusammen mit anderen Leuten das Haus zu verlassen. Das gab einem das Gefühl, zu funktionieren. Ich fuhr mit dem alten Alfa über einen steilen Abhang in die Stadt hinunter, der von so bauschigen Bäumen gesäumt war, dass man sich wie im Wald fühlte, dann stellte ich das Auto auf einem Parkplatz ab und ging zu Fuß weiter. Unter der hellen, kühlen Sonne war das Treiben in der Stadt anders als das spärliche, fiebrige Nachtleben, und der Verkehr hatte nicht die tragische Düsternis des Nachmittags. Scharen von Kindern, die schulfrei hatten, spielten im Schatten der Denkmäler, und vor den Türen der Geschäfte schwatzten lautstark die Verkäuferinnen, während sie auf die Nachmittagshitze warteten. Die Bars waren auf ihre Art reumütig, vielleicht wegen der ganzen Milch, die über den Rand der Cappuccinotassen schwappte, und nur die kalten Croissants stimmten mich etwas melancholisch. Ich hatte doch wirklich auf das Vergnügen eines Frühstücks zu Hause verzichtet und aß in der Kaffeebar unten am Zeitungsgebäude, wo Rosario mich zu einer Runde Flipper erwartete, bevor wir zum Arbeiten nach oben gingen. Sogar der absolute Stumpfsinn der Arbeit ließ sich ertragen, vor allem weil er für gewöhnlich erst eine Stunde nach unserer Ankunft begann und wir genug Zeit hatten, um Zeitungen zu lesen, ein paar Zigaretten zu rauchen und mit den Mädchen zu plaudern.

Als ich an diesem Nachmittag den Bericht eines Fußballfreundschaftsspiels transkribierte, das zum Entsetzen unseres Reporters mit einer Schlägerei endete, spürte ich auf einmal wieder den Duft von Flieder. Durch meine starr auf die Tastatur gerichteten Augen und die Kopfhörer auf meinen Ohren hatte ich für die Verbindung zur Realität nur meine Nase. Aber kein Zweifel, das war *Cœur joyeux*. Ich fuhr herum. Da stand Arianna. Sie sei in der Gegend gewesen und habe gedacht, sie könne ja mal kurz bei mir vorbeischauen, freute ich mich denn gar nicht? »Wir waren so dumm heute Nacht«, sagte sie. Was ich denn da schriebe? Ich stand auf, um sie Rosario vorzustellen und sie auf Abstand zu halten. Wir waren allein in dem großen Aufnahmeraum. »Macht ruhig eure Arbeit«, sagte sie und setzte sich auf den Stuhl des Abteilungsleiters, »habt ihr hier keine Klimaanlage?«

Rosario war ganz aus dem Häuschen. Zwangsläufig, denn sie trug dieses blauweiß gestreifte Kleid und lächelte ihn betörend an. Auch ich saß wie auf glühenden Kohlen, doch aus anderen Gründen. Ich hatte Angst, sie könnte entdecken, dass ich hier drinnen nur eine verdammte Schreibkraft war. Ich tippte den Artikel so schnell wie möglich weiter. Wenn ich von Zeit zu Zeit aufschaute, konnte ich die beiden plaudern sehen, während sie neugierig die Kabinen mit den Korkwän-

den und den schweinischen Sprüchen betrachtete, die emp-
findlichen, braunen Platten für die Gesprächsaufnahmen, die
Magnete, um sie zu löschen, die Schreibmaschinen mit Fuß-
pedal und Kopfhörern. Als ein Telefon klingelte, ging Rosario
an den Apparat, und sie stand plötzlich wieder hinter mir. Je
mehr sie von dem Schwachsinn las, der aus meiner Schreibmaschine kam, umso mehr lastete ihre Gegenwart auf mir.
»Ein Stück von Proust ist das ja nicht gerade«, sagte sie.

»Und auch nicht von mir«, sagte ich und ruinierte mir die
Hände.

»Wie jetzt«, sagte sie, als ich ihr erklärt hatte, dass ich hier
nur den Bericht eines anderen abschrieb, »schreibst du nie
was Eigenes? Schicken sie dich nie los, damit du dir was an-
siehst und darüber schreibst? Schreibst du nie für das Feuille-
ton, was weiß ich, einen Leitartikel?« Sie hatte keinen blassen
Schimmer von Journalismus, aber es war trotzdem schwer,
ihr einzureden, ich wäre der Chefredakteur. Rosarios Rückkehr war wie eine Erlösung für mich. Aber genauso gut hätte
man sich an einen Rettungsring aus Blei klammern können,
denn er hatte im Nu begriffen, was los war, und erbot sich, ihr
lang und breit zu erklären, wie die Abteilung funktionierte.
Ich tippte weiter auf der Maschine, behielt Arianna aber im
Auge. Sie versuchte tapfer, ihr Lächeln auf den Lippen zu halten, doch jedes Mal, wenn ihr Blick zu mir huschte, fiel es zu
Boden, bevor es mich erreichte. Endlich war ich fertig und
ging zu ihnen. »Ein Studentenjob«, sagte Arianna gerade, und
Rosario sagte, dass sonntags, wenn mehr zu tun sei, wirklich
Studenten kämen, um uns zu helfen.

»Bestell doch was in der Bar«, sagte ich zu Rosario. Aber
Arianna sagte, sie müsse los, weil sie noch Besorgungen zu

machen habe. Sie hatte die Sonnenbrille aufgesetzt und suchte nach ihrer Handtasche. Sie ging mehrmals daran vorbei, bevor sie sie sah. Eines der Telefone klingelte, und ich ging an den Apparat. Als ich zurückkam, war sie weg. »Komisches Mädchen«, sagte Rosario, »was meinst du, was ihr passiert ist?«

»Nichts, wieso?«

»Sie war doch den Tränen nahe, hast du das nicht gesehen?«

»Da liegst du falsch«, sagte ich, »denk nicht mehr darüber nach«, ich aber konnte an nichts anderes denken, und als ich draußen war, begann ich durch die Straßen zu rennen, denn ich wusste, dass ich sie verloren hatte. Ich wollte mich betrinken, wollte mich gründlich wegballern, denn ich konnte alles ertragen, außer sie zu verlieren, weil ich sie enttäuscht hatte. Ich musste Graziano finden. Ich würde ihn finden, und wenn ich durch sämtliche Bars der Stadt ziehen musste, und so fing ich an der Piazza del Popolo an, doch ich traf nur Leute, die ihn gesehen hatten. Ihren Worten entnahm ich, dass er an dem Abend schwer was vorhatte. Jemand erzählte mir, dass er zwei Flaschen in den Jackentaschen gehabt hatte, um auf dem Weg von einer Bar zur nächsten über die Runden zu kommen, jemand anders, dass er sich sein Halstuch um einen Oberschenkel gebunden hatte, und ein Dritter, dass er ihn Richtung Piazza Navona hatte gehen sehen, er aber bezweifle, dass er es bis dahin schaffte.

Da ich Graziano kannte, hörte ich nicht darauf und fuhr mit dem alten Alfa zur Piazza Navona. Ich stellte ihn in einem Parkhaus ab, weil ich nicht wusste, wann ich in der Lage sein würde, das Auto wieder abzuholen, und ging zu Fuß weiter.

Der Abend war kühl, die Temperaturen für Drinks ohne Eiswürfel geeignet und mein Magen in guter Verfassung. Es würde ein denkwürdiges Treffen werden.

Doch schon an der Uferstraße sah ich, dass es nicht leicht sein würde, Graziano zu finden. Überall standen parkende Kleinbusse, und das hieß, dass die Piazza von Touristen heimgesucht war. Ich hoffte, sie hätten ihn nicht so genervt, dass es ihn weggetrieben hatte, etwa zur Kirche Santa Maria in Trastevere, was aber heikel war, er wäre zu sehr in die Nähe seiner Frau geraten. Die Piazza war voller Menschen, und es war unmöglich, sich zwischen den Touristen, den Postkartenmalern und den Reisegruppen zu bewegen, ohne jemanden anzurempeln. Im *Domiziano* sagte mir Enrico, er habe ihn eine Stunde zuvor gesehen, Graziano habe einen freien Tisch gesucht und ein Glas bestellt, dann sei er wieder gegangen. Er konnte nicht weit sein, und so begann ich zwischen den Spielzeugständen und den Staffeleien der Maler herumzuwandern, während monströse Luftballons in Raupenform zischend und sich windend in den laternenhellen Himmel aufstiegen.

Er saß auf dem Rand des zentralen Brunnens, auf der Seite zur Kirche, wo es leerer war. Das Tuch hatte er jetzt um seine Stirn geknotet, und seine Beine hielt er ins hellblaue Wasser. Er kippte Scotch und Bier in ein Glas, streckte die Mischung mit etwas Brunnenwasser und trank. Es war klar, dass er Hilfe brauchte. »Leo, mein Junge«, sagte er und schaute zu zwei Touristen hinüber, die den Brunnen photographierten, »wie traurig, sich als Teil eines Stammes zu fühlen.« Er hob das Glas in ihre Richtung.

»Vom letzten Mohikaner?«, sagte ich.

»Ja, vom letzten, kaputtesten Mohikaner. Wann machen wir unseren Film?«

»Morgen«, sagte ich, »morgen legen wir los. Diesmal wirklich, aber jetzt bringe ich dich nach Hause.«

»Nach Hause? Ich geh nicht nach Hause«, sagte er mit erhobenem Zeigefinger. Ich sagte, wenn er wolle, könne er mit zu mir kommen, und er sah mich gerührt an. »Was würde ich ohne dich bloß tun?« Ich versuchte, ihm aufzuhelfen, aber er wollte nicht. »Nichts zu machen«, sagte er, »setz du dich lieber her. Ich muss dir was sagen. Die Stunde der Wahrheit ist gekommen, mein Junge. Hast du im Frühling schon mal auf die Schmetterlinge geachtet? Siehst du, aber bei Kindern ist das anders. Nein, das war es nicht, was ich dir sagen wollte. Ich finde schon seit einer Weile, dass ich dir was sagen muss. Was war es doch gleich? Ach ja. Ich muss dir was gestehen. Leo, du bist ein starker Typ. Widersprich mir nicht und lass mich ausreden. Du bist echt ein starker Typ, denn man muss echt ein starker Typ sein, um mit dem Saufen aufzuhören. Wie schafft man das?«

»Versuch zu beten«, sagte ich.

»Ich bete nicht«, sagte er, »bestenfalls bitte ich um einen Gefallen.«

»Okay, aber lass uns jetzt die Segel setzen.«

»Ich habe nein gesagt. Ich habe gesagt, dass ich dir erst was gestehen muss. Dann gehen wir zu dir, wir gehen, wohin du willst. Du bist ein starker Typ, aber das habe ich dir ja schon gesagt, du bist ein cleverer Kerl. Hältst dich abseits, und diese kleine, dreckige, heruntergekommene Welt ist dir scheißegal. Du brauchst nicht mal eine reiche Frau. Im Ernst, ich bewundere dich. Wäre ich eine Schwuchtel, würde ich mich in dich verlieben. Wir wären doch ein schönes Paar, was?«, sagte er, während ich ihm die Schuhe anzog. »Wer mich reinlegt, das ist der Untätige. Der untätige Appendix, der unwiderruflich Hängende. Was, wenn ich jetzt schwul werde? Manchmal denke ich darüber nach, und dann kriege ich Angst, dass ich schwul werde. Warum wirst du nicht auch schwul? Für einen Freund wirst du das doch machen können. Was kostet dich das schon? Wir werden schwul, dann sind wir wenigstens etwas. Denn was sind wir jetzt? Nichts sind wir, nicht mal schwul.«

»Lass uns darüber in Ruhe nachdenken«, sagte ich, »morgen«, und verfluchte mich, weil ich das Auto so weit weg geparkt hatte. Mir wurde klar, dass ich ihn nicht bis zum Parkhaus schleppen konnte, und so setzte ich ihn am Ende der Piazza auf den Gehweg und nahm ihm das Versprechen ab, sich nicht vom Fleck zu rühren. Dann rannte ich zum alten Alfa. Für die Rückfahrt brauchte ich eine Weile, da sich die Kleinbusse der Touristen in Bewegung gesetzt hatten und die Kreuzungen blockierten. Als ich endlich zu Graziano kam, fand ich ihn schlafend an der Stelle, wo ich ihn abgesetzt hatte. Ich weckte ihn gerade so weit, dass ich ihn nicht tragen musste, um ihn auf den Sitz zu verfrachten, dann fuhr ich zu meiner Wohnung. Ihn die Treppe zum Fahrstuhl hochzuhieven, war nicht leicht. »Was würde ich ohne dich bloß tun?«, sagte er gerührt immer wieder, »wie eine Mutter, ja wirklich«, bis ich ihn auf das Ehebett legen konnte, auf das, welches ich nie benutzte. »Oh Mann«, sagte er, »bin ich am Ende«, dann schlief er urplötzlich ein, ohne mir die Zeit zu lassen, ihm wenigstens das Jackett auszuziehen. Er hatte noch die Flasche Chivas in der Tasche, und die nahm ich mit ins Zimmer über dem Tal. Ich holte ein Glas, füllte es und schaltete das Radio ein. Dann warf ich mich in den Sessel und begann, allein, zu trinken.

Am nächsten Morgen war mein Kopf so dick, dass er das ganze Zimmer füllte, und es war ein Problem, ihn durch die Küchentür zu kriegen, um Kaffee zu kochen. Ich kochte welchen in rauen Mengen und ging Graziano wecken. »Hatten wir wenigstens Spaß?«, sagte er und nahm seine Kaffeetasse mit beiden Händen. Er zitterte und bat um die Zuckerdose. Er aß ein paar Löffel. »Ich habe die ganze Nacht von unserem Film geträumt«, sagte er, »wann fangen wir an?«

»Heute nicht«, sagte ich, »morgen. Heute ist mein Kopf voll Sand.«

»Hast du einen gezwitschert? Sei ehrlich, du hast einen gezwitschert. Der alte Junge hat einen gezwitschert, das muss doch gefeiert werden. Hast du ein bisschen was übriggelassen?«, fragte er sich die Hände reibend. Ich hatte was übriggelassen, es allerdings ins Spülbecken gegossen, als ich den Kaffee machte, weil sich mir schon beim Anblick der Flasche der Magen umgedreht hatte. »Reden wir über den Film«, sagte ich. Das Problem war Sandie, doch er sagte, er wolle sie schon gehörig bearbeiten. Man müsse ihr nur den Floh ins Ohr setzen, der unwiderruflich Hängende könnte seine Arbeit wiederaufnehmen. Für den Anfang müssten wir beschließen, jeden Abend ins Kino zu gehen, um das Problem von der technischen Seite anzugehen, Bildausschnitte, Schuss, Gegenschuss und dieser ganze Kram, sagte er. Wir sollten noch heute Abend anfangen. Zunächst müsse er aber heim, um Sandie zu beruhigen. Wo war das Telefon? Er rief bei sich zu Hause an, ohne ein Wort zu sagen, nur um an Sandies Hallo den

Grad ihrer Giftigkeit zu ermessen, dann nahm er einigermaßen beruhigt ein Bad, kämmte sich den Bart und machte sich auf den Weg, wobei er sich eine Zigarre anzündete.

Ich ging nicht aus dem Haus, bis es Zeit wurde, zum *Corriere dello Sport* zu fahren. Den ganzen Tag lang schreckte ich auf, sobald das Telefon klingelte, und einmal meldete sich niemand am anderen Ende, ich konnte mir aber nicht sicher sein, dass es Arianna war. Gegen Abend hielt ich es nicht mehr aus, die Dinge sind schwerer auszuhalten, wenn der Abend kommt, und ich rief bei ihr zu Hause an, aber es war niemand da. Also versuchte ich es in Evas Geschäft. Dort war sie auch nicht, sagte Eva, und nein, sie wisse wirklich nicht, wo sie sein könnte. Es tue ihr leid, sagte sie.

Ich sah sie zwei Tage später vor einem Kino. Ich war mit Graziano dort und sie mit Livio Stresa, der in seinen Bluejeans und seinem Tennisshirt noch länger und dünner war als sonst. Für einen kurzen Moment wollte ich zu ihnen, doch ich rührte mich nicht. Vielleicht hatte Ariannas Gesicht mich zurückgehalten, blass, mit zu sehr erhobenem Kinn, ich weiß es nicht, vielleicht war es auch der Umstand, dass sie allein waren und sich an der Hand hielten, ich weiß aber, dass ich instinktiv stehen blieb und zusah, wie sie zwischen den Leuten davongingen. Arianna drehte sich in meine Richtung um, bevor sie ins Auto stieg, und ihre großen, unruhigen Augen durchstöberten kurz das Gedränge. »Die kenne ich doch«, sagte Graziano neben mir, »ein toller Rest. Was meinst du, nehmen wir eine Dusche und gehen dann zu ihr?« Ich rief sie am nächsten Tag an. »Du bist das«, sagte sie.

»Ich muss mit dir sprechen«, sagte ich.

»Ich muss auch mit dir sprechen«, sagte sie.

Ich wartete wie immer an der Spanischen Treppe auf sie. Doch diesmal kam sie nicht zu spät und hielt sich auch nicht damit auf, die Laternen zu umkreisen. Diesmal steuerte sie sofort auf mich zu. Sie trug eine Sonnenbrille. Sie blieb neben mir stehen und schaute zur Treppe Richtung Piazza di Spagna. Dort saßen viele Menschen, die darauf warteten, dass der Abendwind kam, und die großen Azaleenbüsche waren welk vor Hitze. Arianna schwieg ein bisschen, wobei sie das Buch, das sie in den Armen hielt, fest umklammerte, doch ihre Hand öffnete und schloss sich nervös. »Bevor du was sagst, sollst du wissen, dass ich mit einem anderen im Bett war«, sagte sie.

Ein paar Tage später, als man mich in der Zeitung für die Nachtschicht einteilte, legten wir mit dem Film los. Graziano erschien ohne Bart um neun Uhr morgens bei mir zu Hause. »Neues Leben, neues Gesicht«, sagte er, »hast du alle Flaschen versteckt?« Er hatte versprochen, während der ganzen Zeit, die fürs Drehbuch nötig war, nicht vor sechs Uhr abends zu trinken. »Du lieber Gott«, stöhnte er, als ich ihm eine Flasche Orangenlimonade hinstellte, »nie im Leben kann ich so viel Wasser trinken. Hast du nicht vielleicht einen spirituelleren Rest?«

»Deinen Engel«, sagte ich.

»Okay«, sagte er und setzte sich an die Schreibmaschine, »verstehe.« So begann unser Kampf mit dem Engel der Dreißigjährigen. Er sollte lange dauern, bis fast Ende Juli. Etwa anderthalb Monate sollten wir tagtäglich bis zum Sonnenuntergang arbeiten, nackt, um uns gegen die Hitzestöße zu wehren, die durch das Fenster hereindrangen, und mit nur einer Pause am Mittag, um ein paar Brötchen zu essen und in der sonnendurchglühten Wohnung eine Stunde zu schlafen. Ab und zu gingen wir duschen, dann kehrten wir an die Schreibmaschine zurück. Die Geschichte des Dreißigjährigen, der seinen Vater umbringt, funktionierte prima, und manchmal stand Graziano applaudierend auf und rieb sich die Hände. »Gut, gut!«, sagte er, während er sich an die Scotchflaschen heranpirschte. »Und wenn wir uns jetzt, um die Attacke geistig noch frischer und strategisch noch geschickter zu reiten, einen kleinen Muntermacher gönnen?« Doch das sagte er vor allem, um zu hören, dass ich ablehnte, obwohl ich nur zu gut wusste, dass er die Gelegenheit nutzen und sich einen Schluck genehmigen würde, sobald ich das Zimmer verließ. Gegen Sonnenuntergang gingen wir auf den Balkon, um auf das Tal zu schauen, während Graziano seine *Tandems* trank. »Wie schaffst du es, nicht schwach zu werden?«, sagte er. Ich war am Ende, was das angeht, denn abends musste ich zum *Corriere dello Sport*, und nachts schlief ich alles in allem nie mehr als vier Stunden. Manchmal war ich so fertig, dass ich im Zeitungsbüro an der Schreibmaschine einschlief und erst aufwachte, wenn ein Telefon klingelte.

Das Ganze hatte aber auch sein Gutes. Dass ich nicht an Arianna dachte. Ich wollte nicht an sie denken, doch jedes Mal, wenn zu Hause das Telefon klingelte, biss ich die Zähne zusammen, bis ich erfuhr, wer mich anrief. Seit dem Abend an der Spanischen Treppe, als ich gegangen war, ohne ein Wort zu sagen, hatte ich nichts mehr von ihr gehört. Dann, nach mehreren Wochen, klingelte es an der Tür. Graziano und ich zogen uns Hosen an und fragten uns, wer das sein könne. Sie war es. »Und?«, sagte sie mit einem forschen Lächeln, »was jetzt, lässt du mich nicht rein?« Ich trat beiseite. Sie zögerte einen Moment, dann zuckte sie mit den Schultern und kam herein, wobei sie einen Blick in den Spiegel warf.

»Ihr seid ja zu zweit!«, sagte sie hellauf begeistert, als sie Graziano mit der Flasche in der Hand überraschte.

»Wollen wir was trinken?«, sagte er unbefangen.

Ich nahm ihm die Flasche weg, während Arianna ihn erkannte, auch ohne Bart. »Ja, also«, sagte sie, »wollten wir nicht was essen gehen, wir beide?« Sie war wunderschön, na klar.

»Von mir aus sofort«, sagte Graziano, der sie verzückt ansah, »welchem Film bist du denn entsprungen?«

Sie lächelte und ließ sich aufs Bett fallen. »Was für ein Tag«, sagte sie, »ich bin extrem spät aufgestanden, war drei Stunden im Schwimmbad und dann wieder zwei Stunden im Bett. Ich bin fix und fertig.«

Graziano schaute sie mit angehaltenem Atem an. »Ein wahnsinnig produktiver Tag«, sagte er.

»Wieso«, sagte sie, »ich habe rote Blutkörperchen produziert, reicht das nicht?«

Graziano verschlug es für einen Moment die Sprache. Dann sagte er: »Wann wollen wir heiraten?«

»Nicht vor September«, sagte sie lachend, »ich muss vorher noch in den Urlaub fahren. Was macht ihr hier?«

»Einen Film.«

»Was für einen Film?«

»Einen traditionell-avantgardistischen«, sagte Graziano, »über einen, der, als er dreißig wird, nach Hause geht und seinen Vater umbringt.«

»Lässt es sich nicht machen, dass er die Schwester umbringt?«, sagte sie. Sie flirtete, zu flirten hatte ihr schon immer gefallen, und manchmal ertappte ich sie bei einem Blick zu mir. Wortlos setzte ich mich an die Schreibmaschine. Ich brachte auch dann kein Wort heraus, als sie gegen sieben, bevor sie ging, fragte, ob sie wiederkommen dürfe, doch sie kam von nun an jeden Nachmittag. Sie klingelte gegen sechs an der Tür und kam mit ihrer frechen Miene herein, jedes Mal etwas verändert, mit einer anderen Bluse, anderen Hosen oder Sandalen oder auch nur mit einer extravaganten Frisur. Sie schlenderte durch das Zimmer, wobei sie bei jeder Gelegenheit ihr Spiegelbild betrachtete, und landete regelmäßig auf dem Bett, um eine Patience zu legen. Manchmal machte sie Tee, den wir auf dem noch sonnenheißen Balkon tranken. Sie flirtete ungeniert mit Graziano, gab ihm Feuer für seine Zigarren und kümmerte sich um das Eis für seine *Tandems*, wobei sie ihn nötigte, ihr etwas Lustiges zu erzählen, und nachdem sie ihm mit ihren großen, weit aufgerissenen Augen zugehört hatte, ging sie gegen sieben nach Hause und gab die Spiegel frei. »Oh Mann«, sagte dann Graziano, »warum sprichst du denn nicht mit ihr?«, aber ich konnte vom Fenster aus ihr Auto und auf dem Rücksitz die Tasche mit dem Tennisschläger sehen, und ich wusste, dass sie uns verließ, um sich mit Livio Stresa zu treffen.

Der letzte Arbeitstag hinterließ eine große Leere, die wir mit einem Abendessen füllen wollten. Ich bat in der Zeitung um eine Vertretung für meine Nachtschicht und ging zu unserem Treffen bei Signor Sandro. Arianna und Graziano warteten schon auf mich. »Wie fühlst du dich?«, fragte sie. »Müde, aber unglücklich«, sagte ich. Sie war froh, dass ich ihr antwortete. »Auch Graziano hier ist nicht gerade fröhlich. Ihr seid wohl beide ziemlich kaputt«, sagte sie, unseren Wortschatz benutzend, »das verstehe ich nicht, ist es denn nicht gut gelaufen?«

»Bitte«, sagte Graziano, »keine unangebrachten Wörter. Einen kleinen Muntermacher?«, sagte er weiter und hielt mir sein Glas hin.

»Für mich ja«, sagte Arianna, »heute will ich mich volllaufen lassen.«

»Warum denn?«, fragte er.

»Weil Leo mich nicht mehr liebt«, sagte sie.

Wir nahmen ihr Auto. Eine höllische Hitze hatte die Stadt leergefegt, doch in den Freiluftlokalen in Trastevere drängten sich Gäste und Gitarrenspieler. Wir entschieden uns für ein damals angesagtes Restaurant, in dem man beim Essen auf Kirchenbänken saß. Es dauerte lange, bis wir bedient wurden, und wir vertrieben uns die Wartezeit mit ein paar Flaschen Wein. Langsam wurde die Stimmung besser. Auch Arianna trank viel, und je mehr sie trank, umso mehr funkelten ihre Augen. Wahrscheinlich leuchteten sie heller als die Kerzen auf den Tischen, denn es gab keinen Mann im Lokal, der sie nicht anschaute. »Und wenn sie ablehnt?«, sagte sie.

»Das will ich sehen«, sagte Graziano, »ich mache eine Kreuzfahrt mit ihr, und wenn sie ablehnt, weigere ich mich, meinen ehelichen Pflichten nachzukommen. Was hältst du davon, Leo?« Denn er hatte ihn noch immer nicht gefunden, den passenden Moment, um mit Sandie über den Film zu sprechen.

»Klar doch«, sagte ich, »keine Frau kann widerstehen, wenn man sie im richtigen Moment erwischt, und auf einer Kreuzfahrt gibt es viele richtige Momente.«

»Die gibt es nur noch dort«, sagte Arianna.

»Genau«, sagte Graziano, »ich werde sie in einer Mondscheinnacht auf der Ostsee fragen. Liebste, werde ich sagen, willst du dich mit mir finanzieren? Und was hast du so vor?«

»Ach«, sagte Arianna, »das weiß ich noch nicht so genau. Ich sollte wohl mit meinem Schwager zu irgendwelchen Freunden von ihm fahren, die eine Villa am Meer haben.« So sprach sie.

»Muss i denn zum Städtele hinaus, nur der Leo-Schatz bleibt hier«, trällerte Graziano, »der clevere Kerl! Der weiß Bescheid, oh ja.«

Nach dem Essen beschlossen wir, um die Häuser zu ziehen, und Arianna bestand darauf, dass wir zwei uns auf die Rückbank setzten. Der Wein verleitete sie zum Rasen. »Tragischer Tod am Muro Torto, zwei berühmte Filmkünstler und ihre entzückende seelische Assistentin verunglückt«, sagte Graziano, der aufgehört hatte, Presley zu trällern. »Ich habe da eine Idee, wollen wir nicht in die Disko gehen und unsere beiden Freundinnen besuchen? Was meinst du, Leo?« Er verstummte plötzlich und klammerte sich an den Sitz, weil Arianna mit Vollgas verkehrt herum in eine Einbahnstraße gefahren war. Wie durch ein Wunder konnten wir einigen Autos ausweichen, und wir hatten das Ende der Straße fast erreicht, als wir von einer roten Kelle gestoppt wurden. Sofort kamen zwei Carabinieri mit der Hand an der Mütze auf uns zu, doch an diesem Punkt endete ihre Höflichkeit. »Führerschein«, sagte einer der beiden zu Arianna.

»Bitte«, sagte sie, bevor sie unter dem Armaturenbrett herumzustöbern begann. Sie stöberte lange, viel länger, als nötig gewesen wäre, während die zwei Carabinieri schweigend warteten. Schließlich entschloss sie sich, den Führerschein zu finden, und reichte ihn aus dem Fenster. Einer der beiden nahm ihn. »Bist du sicher, dass du ihn dem gegeben hast, der lesen kann?«, sagte Graziano unschuldig.

Wir landeten auf dem Revier. Es war nämlich so, dass auch sie den Carabinieri-Witz kannten, und als sie Graziano baten, zu wiederholen, was er gesagt hatte, erzählte er ihn von Anfang bis Ende. Doch anstatt zu lachen, forderten sie ihn auf, in ihr Auto zu steigen. Wir fuhren ihnen nach. An den Ampeln winkte Graziano uns zu, und einmal steckte er den Kopf aus dem Fenster. »Die haben überhaupt keinen Sinn für Humor«, sagte er, »was meinst du, Leo, soll ich ihnen noch den von der alten Frau und dem Elektriker erzählen?« Vor dem Revier bestand ich darauf, mit hineinzugehen, aber das durfte ich nicht. »Keine Sorge, Leo«, sagte Graziano, als einer der beiden Carabinieri ihn am Arm packte, »wenn sie mich hauen, schreie ich. Für alle Fälle vertraue ich dir die Zwillinge an.«

Wir warteten. Arianna war extrem nervös. »Was werden sie ihm antun?«, sagte sie, »hätte er nicht den Mund halten können?« Ich antwortete nicht und betrachtete weiter die Lichter der Straße. Ich spürte den Duft ihres Parfüms, und dann spürte ich auch ihren schweren Blick auf meinem Gesicht. Ich musste mich anstrengen, um es nicht zu ihr zu wenden und sie anzuschauen. Sie sah mich unverwandt an, dann fragte sie: »Liebst du mich, Leo?« Sie sagte es leise, vorsichtig. »Nein«, sagte ich und schaute weiter auf die Straße. Es war eine Straße wie jede andere. »Doch, du liebst mich«, sagte sie wütend.

»Nein«, sagte ich noch einmal. Mir schien, dass ich den ganzen Rest meines Lebens nichts anderes mehr sagen konnte als nein.

»Und ich sage: doch«, sagte sie.

»Und was sagt Stresa?«, sagte ich. Ich hörte deutlich, wie sie die Luft anhielt. Dann hörte ich ihre Stimme, von Tränen erstickt. »Wer hat dir das erzählt?«, sagte sie verzweifelt. In diesem Moment kam Graziano aus dem Revier. Grinsend wedelte er mit einer Hand, wie um Beifall abzuwehren. »Ich habe sie reingelegt«, sagte er und stieg ins Auto.

»Wie hast du das denn gemacht?«, sagte ich.

»Ich habe sie um Verzeihung gebeten. Wo feiern wir die zurückeroberte Freiheit?«

»Ich fahre nach Hause«, sagte Arianna. Sie starrte forsch geradeaus.

»Warum denn?«, fragte Graziano, doch niemand antwortete, weshalb er kurz darauf sagte: »Tja, wenn das so ist«, und sich eine Zigarre anzündete. Bis zur Piazza del Popolo sagte keiner ein Wort. Dort angekommen, wartete Arianna, den Blick immer noch starr geradeaus gerichtet, darauf, dass wir ausstiegen. Graziano zögerte einen Augenblick, dann kaute er ein paar Mal auf der Zigarre herum und stieg ebenfalls aus. Er schaute dem kleinen englischen Auto nach, das am Ende der Piazza verschwand. »Tja«, sagte er, »die Besten gehen immer zuerst.«

»Komm, wir setzen uns da hin«, sagte ich und wies auf den Obelisken. Die Piazza war menschenleer, und man hörte das Rauschen der Brunnen. Wir setzten uns mit dem Rücken zum Pincio.

»Was ist los mit dir, Leo?«, sagte Graziano.

»Müde«, sagte ich, »ich bin so müde.«

»Alle Welt ist müde«, sagte er, »was willst du machen?«

Dann zog er die Flasche Scotch aus der Jackentasche und

nahm einen ordentlichen Schluck. Angewidert sah er sie an. »Diese Muntermacher machen auch immer weniger munter«, sagte er und steckte die Flasche wieder ein. »So'n Pech«, sagte er und ließ seinen Blick noch über die verlassene Piazza schweifen, »ich glaube, ich habe mich auch in Arianna verliebt.«

8 Der August kam, der schwarze Monat. Die Stadt unter einer mörderischen Sonne war wie ausgestorben, die leeren Straßen und das hallende Pflaster der Plätze mit einer glühend heißen Staubschicht bedeckt. Wasser war knapp, die Brunnen bröckelten und zeigten alle Zeichen ihres Alters, mit Gipsausbesserungen und gelblichen Krautbüscheln, die aus den Rissen drängten. Die Katzen verkrochen sich im Schatten der Autos, und die Menschen kamen erst gegen Sonnenuntergang aus den Häusern, um sich an den Verkaufsständen für Wassermelonen zusammenzuscharen und auf den Wind zu warten. In den Zeitungen stand, dass es der heißeste Sommer der letzten zehn Jahre war.

Was mich betraf, so hasste ich diesen Monat. Mit verreisten Freunden und geschlossenen Restaurants konnte man geradezu verhungern, weil man nicht wusste, wen man anpumpen konnte, um bis September über die Runden zu kommen. Doch in jenem Jahr hatte ich ja einen Job, und die leere Stadt hätte mir keine Angst machen müssen. Aber ich war allein. Von Arianna hatte ich nichts mehr gehört, Graziano war wohl auf seiner Kreuzfahrt, und die Diaconos waren in ihr Haus am Meer gezogen. Hin und wieder rief ich sie trotzdem an, nur um mir vorzustellen, wie das Telefon in der leeren Wohnung klingelte. Ansonsten schlief ich bis mittags und ging dann ins Schwimmbad, wo ich am Beckenrand lag und las. Es gab zwei Stammkunden, die Schach spielten, und manchmal forderte ich den Sieger heraus, doch interessant waren diese Partien nie. Gegen vier kehrte ich nach Hause zurück, um mich auszuruhen und etwas Obst zu essen, bevor ich zum *Corriere dello Sport* musste. Mehrmals hatte ich auf der Treppe mein Telefon gehört, kam aber nie rechtzeitig an, um zu antworten. Dann, eines Nachmittags, klingelte es, als ich die Tür aufschloss. Ich nahm den Hörer ab. Es war eine Stimme, die ich nicht kannte. Sie teilte mir mit, dass Graziano tot war.

Der diensttuende Polizist im Krankenhaus stand auf, als ich kam, und setzte sich erst wieder, nachdem auch ich mich gesetzt hatte. Er war sehr freundlich. Sein Ton war angemessen. Er sagte, Graziano sei nach zwei Tagen im Koma an diesem Vormittag um elf gestorben. Man habe sofort versucht, mich zu erreichen, als er ins Krankenhaus eingeliefert worden sei, weil man einen Zettel bei ihm gefunden habe, auf dem er vermerkt hatte, dass man mich anrufen solle, falls ihm etwas zustoßen sollte. Man habe es wieder und wieder probiert, doch schließlich habe man angenommen, ich sei nicht in der Stadt. Der Anruf, den ich entgegengenommen hätte, sei auf seine persönliche Initiative hin erfolgt, da ihm die Vorstellung wehtue, dass jemand einsam wie ein Hund sterben könne. Ich bedankte mich bei ihm. Er sagte, keine Ursache. Ich fragte, wie das passiert sei, und er sagte, gefunden habe ihn der Portier am Montagnachmittag in der Hofecke gegenüber vom Wohnzimmerfenster. Zufällig, denn das Haus sei in diesen Tagen praktisch unbewohnt gewesen, und der Portier sei nur hingegangen, um die Blumen einer Familie zu gießen, die im Urlaub war. Das Unglück sei am Sonntagabend geschehen, ein paar Stunden, nachdem Grazianos Frau und die beiden Töchter weggefahren seien. Der Portier habe den dumpfen Aufprall gehört, ihm jedoch leider keine Bedeutung beigemessen, weil er zu einem anderen Haus zu gehören schien.

So lag Graziano, der noch lebte, eine Nacht und einen Tag lang auf den Steinen des Hofes. Ich erinnerte mich an sie, sie waren klein, oval, und in den Zwischenräumen wuchs Gras. »Seit zwei Tagen versuchen wir, seine Frau zu erreichen«, sagte der Polizist, »Sie wissen nicht vielleicht, wo sie sein könnte?« Ich sagte, sie sei womöglich auf einer Kreuzfahrt, und er machte sich Notizen, dann fragte er, ob Graziano noch andere Angehörige habe und ob ich wisse, wie man sie erreichen könne. »Seinen Vater«, sagte ich, aber als er sich weitere Notizen machen wollte, sagte ich ihm, ich würde mich darum kümmern. Er bedankte sich und fragte, ob ich den Arzt sprechen wolle, denn die Autopsie müsse inzwischen abgeschlossen sein. Ich sagte okay.

Der Polizist ging mir auf dem Krankenhausflur voran. Die Kranken versuchten, an den Fenstern etwas Luft zu schnappen. Der Nachmittag war sehr heiß, und die Ventilatoren auf den Fluren machten mehr Krach als sonst etwas. Vor einer Flügeltür blieben wir stehen, gerade so lange, wie der Polizist brauchte, um seine Mütze abzunehmen. Er war ein Polizist mit vollendeten Manieren. »Herein«, sagte eine Stimme. Sie gehörte einem Pfleger, der hinter einer Schreibmaschine saß. An einem größeren Tisch saß der Arzt. Er hatte Papiere in der Hand, mit denen er sich von Zeit zu Zeit Luft zufächelte. Ihm musste sehr heiß sein, denn er war dick, und Dicke haben mehr unter Hitze zu leiden als Dünne. Unter dem Kittel trug er nichts, man sah seinen dicken, unbehaarten Oberkörper. »Einen Moment«, sagte er, wobei er seine Brille abnahm und sich mit einem Taschentuch über die Augen fuhr. Er warf einen Blick auf die Papiere, mit denen er sich Luft zufächelte, und setzte sein Diktat für den Pfleger an der Schreibmaschine fort. Der Polizist wies auf einen Stuhl, und ich nahm Platz. »Fehlen der oberen Schneidezähne«, sagte der Arzt zum Pfleger, »verursacht durch den Aufprall. Fraktur des Unterkiefers und des dritten Halswirbels, Kontusion mit großem Hämatom am linken Schlüsselbein, Quetschung des Thorax mit Fraktur der dritten und der fünften Rippe links. Tod durch Blutung im Kleinhirn. Ursache Sturz.« Er sah uns an. »Unglaublich«, sagte er, »keinerlei Fraktur an den Händen. Normalerweise versucht jeder, sein Gesicht zu schützen, und bricht sich dabei die Hände, der hier aber nicht.« Der Polizist sagte ihm, wer ich war, der Arzt zog ein verlegenes Gesicht und bot mir einen Stuhl an, obwohl ich schon saß. »Möchten Sie ihn sehen?«, fragte er.

Ich sagte nichts, und der Arzt winkte dem Pfleger, der vom Tisch aufstand. Ich stand auch auf. Bevor sich der Polizist von mir verabschiedete, wollte er wissen, ob ich mich um die Beerdigung kümmern würde, und ich sagte ja. Dann folgte ich dem Pfleger auf den Flur mit den Kranken an den Fenstern. Am Ende des Flurs führte eine Treppe auf den sonnenversengten Hof voller parkender Autos, durch die wir uns mühsam zu einem mit Kletterpflanzen bewachsenen Flachbau schlängelten. Drinnen war es kalt, zumindest kam es mir so vor, nachdem ich den sonnigen Hof überquert hatte. Direkt hinter der Eingangstür war ein großer Raum. In den Ecken lagen aufgehäufte Laken herum. Es gab nur einen Tisch, genau in der Mitte, mit etwas, das in ein Tuch gewickelt war. Ich ging darauf zu. Auf dem Boden waren dunkle Flecke, die ich für

Blut hielt. Das brachte mich auf den Gedanken, dass man ihn hergeschleift hatte, um ihn auf den Tisch zu hieven.

Da lag Graziano, in dem Tuch. Sein Gesicht war unbedeckt und auch ein Stück seines beängstigend aufragenden Oberkörpers. Alles, was man von ihm sehen konnte, war geschwollen. Einen Moment lang glaubte ich an einen Irrtum, daran, dass das nicht er war, dass er auf Kreuzfahrt war, wie es hätte sein sollen. Es war schwer, ihn zu erkennen, weil man sein Haar aus der Stirn gekämmt hatte, dann erkannte ich den Bogen seiner Nase und die dünnen, reglosen Lippen und dann die beiden Hungernarben über dem Magen. Da hätte ich am liebsten losgeheult, aber ich heulte nicht. Ich spürte die Anwesenheit des wartenden Pflegers an der Tür und hätte ihm gern gesagt, er solle gehen, doch mir war nicht nach Reden zumute. Also streckte ich eine Hand nach dem Tuch aus und schob Grazianos Beine beiseite. Sie waren kälter, unter dem Tuch, als die Luft im Raum. Als ich genug Platz geschaffen hatte, setzte ich mich auf den Marmortisch. »Das geht nicht«, sagte der Pfleger. Ich sah ihn an. Er war ein kleiner, dünner Pfleger. Er wollte etwas sagen, hob aber nur eine Hand und ging hinaus. Ich war froh, allein zu sein. Die Kälte des Marmors war angenehm, ich zündete mir eine Zigarette an und betrachtete Graziano. »Wer ist da?«, fragte ich laut, als ich hörte, dass die Tür wieder geöffnet wurde. Ein Mönch mit einem großen, violetten Kreuz auf der Kutte kam zwischen den Lakenhaufen auf dem Boden näher. »Komm da runter, mein Sohn«, sagte er, wobei er mir eine Hand auf den Arm legte. Sein Bart roch nach Wachs. In welcher Etage wohnt Gott? Ich zog meinen Arm unter seiner Hand weg. Ich hielt den Kopf gesenkt, um ihm nicht ins Gesicht zu sehen, und der Zigarettenrauch kam mir in die Augen. »Warum versuchst du nicht zu beten?«, sagte der Mönch. »Ich bete nicht«, sagte ich, »bestenfalls bitte ich um einen Gefallen.« Er schaute mich reglos an, die Hände über dem Schoß gefaltet, dann schüttelte er den Kopf und ging. In der Stille hörte ich eine Fliege summen. Sie musste hereingekommen sein, als der Mönch die Tür geöffnet hatte. Sie zog ein paar Kreise und setzte sich auf meine Hand. Ich verscheuchte sie, und sie setzte sich auf Grazianos Oberkörper. Ich verjagte sie noch einmal, doch sie kam sofort zurück, diesmal auf seine Lippen. Da stand ich auf, zog das Tuch über sein Gesicht und ging raus.

Der alte Alfa war glühend heiß, und ich musste fahren, ohne mich am Sitz anzulehnen, um mir nicht den Rücken zu verbrennen. In Grazianos Haus traf ich den Portier. Er war fassungslos. Er konnte sich nicht verzeihen, dass er nicht nachgesehen hatte, als er das Geräusch gehört hatte. »Ich wusste ja nicht mal, dass er zu Hause war«, sagte er, »ich dachte, er ist zusammen mit der Signora verreist.« Ich ließ mir die Schlüssel geben und ging hinauf in den dritten Stock. Ich musste das ganze Schlüsselbund durchprobieren, bevor ich den richtigen fand. In der Wohnung stand nur das Schlafzimmerfenster offen. Es zeigte zum Hof, und ich ging nicht näher heran. Ich stöberte überall herum, bis ich unter der Tischtennisplatte im Vorraum das Telefonbüchlein fand. Ich sah es durch, ohne die Nummer des Vaters zu finden, wahrscheinlich hatte er sie auswendig gewusst, oder er hatte ihn nie angerufen. Dafür fand ich die Nummern einiger Leute, die auch ich kannte, meistens nur vom Sehen, außerdem die gemeinsamer Freunde. Auch meine Nummer stand da. Vom Wohnzimmer aus telefonierte ich alle durch, konnte aber niemanden erreichen. Also steckte ich das Büchlein ein und ging zum *Corriere dello Sport.* »Nanu, so früh?«, sagte Rosario, »ist was passiert?«

»Nein«, sagte ich, »nichts«, dann nahm ich die Telefonbücher von Florenz und rief alle Castelvecchios an, die ich finden konnte, doch die, die sich meldeten, hatten nichts zu tun mit Graziano. Ich markierte mit einem Stift am Rand alle Nummern, unter denen sich niemand gemeldet hatte, um sie später noch einmal anzurufen, und sagte Rosario, dass er gehen könne. Ich wollte mich sofort an die Arbeit setzen, doch sobald er weg war, merkte ich, dass ich einen Fehler gemacht hatte. Ich war zu müde, um die Hirnrissigkeiten unserer Reporter zu ertragen, aber nun war ich schon mal dort, und so fing ich an, die Anrufe entgegenzunehmen. Jedes Mal, wenn ich einen Artikel transkribiert hatte, versuchte ich, in Florenz anzurufen.

Gegen Mitternacht erreichte ich Grazianos Vater. Er war Taxifahrer und hatte Schicht gehabt bis um elf. Seine Stimme war die eines alten Mannes und ähnelte der seines Sohnes. Er hörte sich schweigend an, was ich ihm zu sagen hatte, und schwieg auch weiter, als ich fertig war. Als er dann sprach, weinte er. Er sagte, er werde sofort losfahren, werde in der Firma Bescheid sagen und sofort losfahren, doch ich sagte, er könne genauso gut am nächsten Morgen fahren, es sei besser, wenn er sich ausruhe. Erst nach dem Gespräch mit ihm fiel mir ein, dass ich noch kein Bestattungsinstitut angerufen hatte. Ich wählte im Telefonbuch das mit der auffälligsten Werbung. Man war sehr liebenswürdig, auch zu dieser nächtlichen Stunde, und versicherte mir, man werde sich für alles rechtzeitig mit dem Krankenhaus in Verbindung setzen. Ich hatte nichts mehr zu tun. Die Telefone standen still. Also ging ich zum Fenster, um eine zu rauchen und einen Blick auf die menschenleere Straße und die Laternen zu werfen. Von Zeit zu Zeit kam ein Auto vorbei und zerfetzte die Stille der Nacht. Dann hellte sich mit unbeschreiblicher Langsamkeit der Himmel auf, bis es Zeit war, nach Hause zu gehen.

Tags darauf fand die Trauerfeier statt. Den ganzen Vormittag verbrachte ich mit Grazianos Notizbuch in der Hand am Telefon, doch ich konnte niemanden erreichen, um Bescheid zu sagen, und am Ende gab ich es auf. Sein Vater kam gegen Mittag, in seinem Taxi. Er war ein kleiner, nervöser Mann, blass und mit geröteten Augen. Er wollte sofort seinen Sohn sehen, ich ließ ihn allein in der Leichenhalle und wartete auf dem Hof. Zwischen den parkenden Autos streunten Katzen umher. Ein Mann kam in der Sonne näher und trocknete sich die Stirn mit einem Taschentuch. Er war vom Bestattungsinstitut und sagte, sie könnten den Anzug, in dem Graziano gestorben sei, nicht verwenden, weil er voller Blut sei. Er wollte wissen, ob sie ihm einen kaufen sollten. Ich sagte nein und fuhr zu seiner Wohnung. Dort war ein ganzer Schrank voll mit Anzügen. Ich nahm einen weißen und kehrte zum Krankenhaus zurück, wo ich ihn dem schwitzenden Mann gab. Ich ging zu Grazianos Vater und setzte mich neben ihn auf die Granitbank an der Wand mit den Kletterpflanzen. Er starrte auf die Katzen zwischen den Autos. »Er hatte keine Ideale«, sagte er, »ohne Ideale kann man nicht leben.« Ich sah, dass er das silberne Abzeichen der Kriegsinvaliden im Knopfloch trug, und sagte nichts. Das war der Mann, den wir in unserer Geschichte ermordet hatten, er war ein alter Mann. Wir warteten schweigend, und irgendwann kam der Polizist, den ich kannte. Er entschuldigte sich und gab mir ein Formular und ein Päckchen mit den Sachen, die Graziano in den Taschen gehabt hatte, als man ihn ins Krankenhaus brachte. Es enthielt ein Schlüsselbund, ein Bündel zusammengerollter Geldscheine, ein Seidentaschentuch mit seinen Initialen, einen Zigarrenstummel und eine verwelkte Nelke, die mich aus unerfindlichen Gründen an Sant'Elia erinnerte, vielleicht weil ihr Stiel die passende Länge hatte, um in ein Knopfloch gesteckt zu werden. Ich unterschrieb die Quittung und übergab alles Grazianos Vater, alles außer der Nelke, die steckte ich in meine Tasche.

Der Mann vom Bestattungsinstitut kam und sagte uns, dass alles bereit sei. Wir folgten ihm in die Aufbahrungshalle. Einige Blumensträuße verströmten einen unerträglichen Duft, und ein brummender, auf Graziano gerichteter Ventilator ließ seinen Hemdkragen flattern. »Er hat keine Schuhe an«, sagte ich, und der Mann vom Bestattungsinstitut sagte, er habe keine getragen, aber man könne welche kaufen lassen. Auch dieses Mal sagte ich nein. Es war mir unangenehm, sie warten zu lassen, doch ich nahm den alten Alfa und fuhr erneut in die Wohnung. Als ich die Schuhe gefunden hatte, suchte ich einen Tabakladen. Es war nicht leicht, einen zu finden, der geöffnet hatte. Mit den Schuhen und den Zigaretten kehrte ich zurück. Grazianos Vater saß wieder im Schatten der Kletterpflanzen. Ich gab die Schuhe dem Mann vom Bestattungsinstitut, der Mühe hatte, sie ihm anzuziehen, und ich drehte mich weg, bis er es geschafft hatte. »Können wir jetzt zumachen?«, fragte der Mann vom Bestattungsinstitut, da legte ich die Schachtel Lucky Strike in den Sarg.

»Machen Sie zu«, sagte ich, und mir fiel ein, dass der Vater das hätte sagen müssen, doch er rührte sich nicht, zu keinem Wort fähig, und als ich ihn ansah, nickte er nur. Drei junge Männer im Unterhemd kamen mit einer Lötlampe und machten sich ans Werk. Die Flamme fauchte und stank, und ich ging lieber auf den Hof hinaus.

Der Weg vom Krankenhaus zur Kirche war kurz. Grazianos Vater war nicht in der Lage, das Taxi zu fahren, und so setzte ich mich ans Steuer, um dem Leichenwagen zu folgen. Ich ging nicht mit in die Kirche zum Gottesdienst, der übrigens sehr kurz war. Stattdessen setzte ich mich auf den Rand eines trockenen, rissigen Brunnens. Auch dort waren Katzen, zusammengekauert im Schatten des Brunnens. Der Mann vom Bestattungsinstitut kam zu mir. »Was für eine Mordshitze«, sagte er, »in solchen Fällen muss es schnell gehen. Ich weiß, das ist jetzt nicht der richtige Moment«, sagte er weiter, »aber was die Kosten betrifft …« Ich sagte, dass ich mich darum kümmern würde, er könne mich im *Corriere dello Sport* erreichen. Er sagte in Ordnung und setzte sich in den Leichenwagen. Kurz darauf kam der Sarg aus der Kirche. Grazianos Vater hatte wohl einen Schwächeanfall gehabt, denn zwei der jungen Männer im Unterhemd stützten ihn. Er setzte sich auf die Rückbank des Taxis. Er war kreideweiß. »Ich habe die ganze Nacht nicht geschlafen«, sagte er, »und dann die Reise«, sagte er weiter. Ich setzte mich ans Steuer. Der Weg zum Friedhof war lang, doch die Straßen waren leer in der Sonne, der Leichenwagen kam schnell voran. Einmal fuhr er bei Rot, doch auf den Straßen war tatsächlich niemand.

Auf dem Friedhof war es kühler, doch der Geruch modernder Blumen in der Hitze war erdrückend. Die in den Erdboden gerammten Marmorsteine sahen aus wie gigantische, einsame Tintenfischknochen an einem Strand. Ein Priester in Begleitung zweier Ministranten segnete den Sarg, während dieser in der Grube versank. Ich fragte mich, warum die zwei Kinder in der Stadt waren und diese ekelhafte Arbeit verrichteten, anstatt wie alle anderen in den Ferien zu sein. Als der Sarg unten war, schlug der Priester sein Buch auf, doch ich sagte nein und nahm *Der letzte Mohikaner* zur Hand. Ich hatte die Stelle nicht einmal kennzeichnen müssen, ich wollte die letzten Sätze lesen. Ich trat an das sonnige Grab, während Grazianos Vater sich an einen Karren voll verwelkter Blumen lehnte. »›Warum trauern meine Brüder‹«, las ich laut, »sprach Chingachgook auf die dunkeln Krieger schauend, die mit niedergeschlagener Miene um ihn standen. ›Weil ein junger Krieger nach den glücklichen Jagdgründen gegangen ist, weil ein Häuptling seine Zeit mit Ehren erfüllt hat? Er war gut, er war pflichttreu, war tapfer. Wer kann es leugnen? Manitu brauchte diesen Krieger, und er hat ihn abgerufen. Ich aber, Sohn und Vater eines Uncas, bin eine blitzgeschlagene Tanne in einer Rodung der Bleichgesichter. Mein Geschlecht ist geschieden von den Gestaden des Salzsees. Aber wer kann sagen, dass die Schlange seines Stammes ihre Weisheit vergessen hat?‹«, dann klappte ich mein Buch zu und ging weg.

Die Allee vor dem Friedhof war menschenleer. Ich schaute zur Bushaltestelle, weil der alte Alfa vor dem Krankenhaus stand und ich ihn erst holen musste. Doch ich konnte mich zu keiner Bewegung entschließen. Es schien mir unmöglich zu sein, nichts mehr für Graziano tun zu können. Aber es gab wirklich gar nichts mehr, was ich für ihn tun konnte. Wirklich gar nichts mehr.

Mitte August waren die Schwalben verschwunden. So früh weggeflogen waren sie noch nie, und als ich bei Sonnenuntergang auf den Balkon ging, um auf den Wind zu warten, war der Himmel leer und still. Die Zeitungen behaupteten, sie wären wegen der vergifteten Luft weggeflogen, die auf der Stadt lastete, aber das war eine kindische Begründung. Die Wahrheit war, dass die Dinge von hoch oben besser zu sehen sind.

Ich las nicht, ging nicht ins Kino, tat nichts. Ich verbrachte die Tage damit, zu warten, bis ich zum *Corriere dello Sport* musste, nur von dem einen Stolz getragen, nicht zu trinken. Ich hatte mir sogar eine Flasche Ballantine's gekauft und hatte sie gut sichtbar auf dem Tisch stehen, ohne sie anzurühren. Dann, zehn Tage bevor der September begann, erhielt ich einen Brief von Arianna. »Lieber, lieber Leo. Also wirklich! Wo steckst du? Was machst du? Und mit wem? So gar nichts von dir zu hören, macht mir Angst. Hier sind alle sehr lieb zu mir, aber ich habe eine schreckliche Zeit hinter mir. Ich wachte nachts mit der Angst auf, zu ersticken, und wollte unbedingt in die Klinik zurück. Die ganze erste Woche hat Eva Livio mit Anrufen traktiert. Dann ist sie gekommen. Es gab eine unerfreuliche Szene, nach der sie zusammen abgereist sind. Zum Teufel mit den beiden. Jetzt geht es mir gut. Ich esse unaufhörlich und fürchte sehr, dass ich fett werde. Außerdem gehe ich schwimmen und mache wunderbare Ausfahrten aufs Meer mit einem wunderbaren Boot. Ich habe entdeckt, dass ich ganz verrückt nach Booten bin. Heute regnet es allerdings, und ich bin traurig. Ich merke, wie allein ich auf dieser großen, schrecklichen Welt bin. Ich weiß nicht, wohin. Was soll ich bloß aus meinem Leben machen? Warum setzt du nicht die Segel und holst mich ab? Oh, bitte, bitte, bitte!«

Da stand eine Adresse, und zwei Tage später bat ich bei der Zeitung um Urlaub und machte mich mit dem Auto auf den Weg. Ich fuhr nicht über die Autobahn, das Beste an Autobahnen ist, dass sie andernorts für leere Straßen sorgen. Der alte Alfa kämpfte sich dröhnend die Steigungen der Castelli hinauf, in einer wilden, ausgedörrten Landschaft, die aber schon die milderen Farben des Herbstes annahm. Nach den Castelli begann eine lange Talfahrt, und endlich, nach einer besonders langen, von Platanen gesäumten Geraden, erschien das Meer. Ich fuhr ohne Eile, in der Sonne des Südens. Je weiter ich nach Süden kam, umso herrlicher wurde die Küste. Die Straße führte, breit und schnell, durch kahle Felsengebirge hoch über dem Meer, das unten in kleinen, felsigen Einschnitten glitzerte, senkte sich aber streckenweise bis zu den Stränden ab, die weiß und menschenleer waren. Dann tauchten wieder Sarazenentürme auf, steil über dem Meer. Da entdeckte ich die Bucht.

Sie war größer als die anderen, und der Blick konnte kilometerweit an den beiden blauen Küstenarmen entlangschweifen, die sich ins Meer erstreckten. Niedriges Buschwerk trennte den Strand von der Straße, und auf einem Felsvorsprung erhob sich in der Sonne eine dunkle Sarazenenfestung. Ich hielt an und zog mich aus. Barfuß suchte ich zwischen den Büschen nach einem Strandzugang. Der Sand war glühend heiß, doch das Wasser kühl und sauber. Ich tauchte hinein und schwamm, bis ich keine Luft mehr bekam. Dann drehte ich mich um, spielte Toter Mann und lauschte dem Plätschern des Wassers an meinen Ohren. Ich fühlte mich wohl, ich konnte mich nicht erinnern, mich jemals so wohlgefühlt zu haben. In aller Ruhe schwamm ich auf die Berge zu und ans

Ufer zurück. Ich ließ mich von der Sonne trocknen, bevor ich wieder ins Auto stieg und meine Reise fortsetzte. Ich fuhr barfuß, auf meiner Haut hatte das Wasser eine Salzschicht hinterlassen. Als ich Hunger bekam, hielt ich an einer Trattoria am Straßenrand, um Fisch zu essen. Danach fragte ich in allen Ortschaften, durch die ich kam, nach dem Weg. Schließlich sagte mir ein Junge, dass er die Villa kenne, und bot an, mich für tausend Lire dorthin zu bringen.

Sie war rings um einen Sarazenenturm gebaut, flach und schneeweiß, im Schatten von Strandkiefern und Oleanderbüschen. Vor dem Tor standen ein paar Sportwagen und Protzschlitten. Ich stellte den alten Alfa dazu, der nicht mehr sportlich und auch nicht protzig war, und zog an einer Kette, die aus der Mauer neben dem Tor hing. Weit entfernt war ein Klingeln und das Gebell mehrerer Hunde zu hören. Nach fünf Minuten erschien ein Butler in einem weißen Jackett. »Es ist niemand zu Hause«, sagte er, »sie sind alle mit dem Boot draußen. Der Dottore ist in seinem Arbeitszimmer, darf aber nicht gestört werden.«

»Giacomo, wer ist denn da!«, rief eine Stimme aus dem Turm.

»Jemand für die Signorina!«, rief Giacomo, und da rief die Stimme, ich solle es mir bequem machen. Der Butler lotste mich auf einem betonierten Weg bis zu einer Terrasse am Meer. Sie war mit weißen, verschnörkelten Liegestühlen übersät, darauf Kissen in grellbunten Farben. »Möchten Sie einen Longdrink?«, fragte der Butler. Ich genehmigte mir gerade einen, als eine Viertelstunde später der Hausherr erschien. Ich kannte ihn. Ich sah ihn zum zweiten Mal. Er hieß Arlorio, und seine Bilder – Seestücke, Segelboote, Obstkarren, Harlekine –

füllten die Salons von halb Rom. Er war so hochgewachsen, wie ich ihn in Erinnerung hatte, mager, mit einem Halbkranz grauer Haare über dem knotigen Nacken. Er hatte Ähnlichkeit mit Picasso, war aber größer, härter und hatte nicht Picassos strahlendes Lächeln. »Sie sind alle mit dem Boot draußen«, sagte er, »das dauert wohl noch.«

»Okay«, sagte ich.

Er hatte funkelnde, lebhafte Augen, wie ein Raubvogel, und lange, knorrige Missionarsfinger. Er war sonnenverbrannt und trug nur eine knappe, rotweiß geblümte Badehose. Seine Knie wiesen die Spuren alter Verletzungen auf, die unverkennbaren Narben, wie kindliche Kämpfe sie hinterlassen. Mich überraschte der Gedanke, ein Typ wie er könne mal ein Kind gewesen sein. Als er sich setzte, zwickte er sich in die Oberschenkel wie einer, der daran gewöhnt ist, sich mit langen Hosen zu setzen. Wenn ich Lust dazu gehabt hätte, hätte ich gelacht. »Wie war das Wetter in Rom?«, sagte er.

»August.«

»Verstehe«, sagte er, »sehr heiß. Ich begreife nicht, warum Arianna dahin zurückwill. Sie ist so unberechenbar«, sagte er unter Verwendung des zutreffenden Adjektivs, »ich nehme an, Sie beide sind eng befreundet. Ist es so?«

»So ist es.«

»Nur befreundet?«, fragte er. Ich schaute ihn an, und er lachte, allerdings halbherzig. »Sie hat mir erzählt, dass Sie Journalist sind. Beim *Corriere dello Sport*, glaube ich. Gefällt es Ihnen denn da?«, sagte er schnell, »ich habe nämlich viele Freunde unter den Journalisten und könnte bestimmt was arrangieren.«

»Es gefällt mir sehr.«

»Umso besser«, sagte er und breitete die Arme aus. Dann ließ er seinen Blick schweifen. »Umso besser«, sagte er noch einmal, »wollen Sie einen Drink?« Ich lehnte ab, und er lächelte. Dann entschuldigte er sich, er habe noch ein bisschen zu tun, ich solle mich aber wie zu Hause fühlen. Falls ich baden wolle, müsse ich nur Giacomo um eine Badehose bitten. Außerdem würden die anderen wohl nicht zu spät kommen. Tja, er müsse jetzt wirklich los. Er entschuldigte sich erneut und pfiff beim Weggehen nach den Hunden. Kurz darauf ertönte aus dem Turm ein Bach-Choral.

Es war vier Uhr, als vom Meer etwas herübertuckerte. Nach und nach erschien ein Boot, das sich als eine stattliche Jacht entpuppte. Es legte an der Mole zwischen den Klippen an, und ein paar Leute stiegen aus, alle mit der gleichen rotweiß geblümten Badebekleidung. Arianna war auch dabei, das offene Haar fiel ihr auf die Schultern. Ihr ebenmäßiger, rührender Mädchenkörper war dunkel und glänzte. Sie sah sehr glücklich aus. Ich hörte ihre Stimme, als alle die in den Felsen geschlagene Treppe heraufkamen. Sie sagte etwas von Müdigkeit, und ein blonder, junger Kerl mit einer Muschelkette um den Hals legte ihr seinen Arm um die Schulter. Sie verschwanden in der Küstenvegetation, und als sie wieder auftauchten, waren ihre Stimmen extrem nah. Plötzlich standen sie auf der Terrasse. Arianna war überrascht, mich zu sehen. »Du lieber Gott! Es ist vorbei! Es ist vorbei!«, rief sie theatralisch. »Wie geht es Graziano«, fragte sie, nachdem sie mich auf die Wange geküsst hatte.

»Gut.«

»Was für ein verdammter Hurensohn«, sagte sie, »nicht

mal eine Postkarte. Aber wie siehst du denn aus?«, sagte sie dann mit einem Blick auf meine Armeehosen. »Hattest du keine Jeans? Komm, ich stelle dich den anderen vor. »Hast du Mauro schon kennengelernt?«, sagte sie und meinte Arlorio. Ich schüttelte mehrere Hände. Die Leute waren alle sehr zwanglos und sonnengebräunt. Da erschien Arlorio mit einer weitausholenden, segnenden Geste oben auf dem Turm. *Introibo ad altare Dei*, du lieber Gott. Alle lachten, doch Ariannas Gesicht wurde für den Bruchteil einer Sekunde ernst, bevor sie meine Hand nahm und lächelte. »Ihr kennt euch schon, nehme ich an«, sagte sie forsch. Arlorio bestätigte das feierlich und segnete auch mich.

»Ich muss packen«, sagte sie, »kommst du mit in mein Zimmer?« Wir gingen auf dem betonierten Weg zwischen den Oleanderbüschen ein Stück zurück, dann bogen wir in einen sehr kurzen Weg ein, der zu einem separaten Zimmer des Hauses führte. Es hatte ein großes Fenster zum Meer und war voller Licht. Die Einrichtung bestand aus einem Tisch, einer antiken Schreibkommode und einem Bett, dessen Bezug aus dem gleichen rotweiß geblümten Stoff war wie die Badesachen. Ich schaute Arianna zu, während sie schweigend einen Koffer packte. Sie benahm sich, als wäre ich gar nicht da, und als sie ihren Badeanzug auszog, war mir das peinlich. Ohne sich einen Slip anzuziehen, schlüpfte sie in ein Paar sehr abgewetzter Jeans und in eine durchsichtige Spitzenbluse. Ihre Füße steckten nun in roten Badelatschen. »Ich bin so weit«, sagte sie.

Wir gingen zurück zur Terrasse. Alle lagen auf den weißen Liegestühlen, und als sie uns sahen, erhob sich ein Chor des Protests. »Sei doch nicht so«, sagte ein Mädchen, »kannst du nicht am Sonntag zusammen mit uns fahren?« Arlorio, der an der Brüstung über den Klippen lehnte, sagte lächelnd, wir sollten doch beide bis Sonntag bleiben. Arianna warf ihm einen tödlichen Blick zu, dann verabschiedete sie sich von den anderen. Sie brauchte eine Weile, weil sie lauter Verabredungen für ihre Zeit in Rom traf. Zum Schluss verabschiedete sie sich von Arlorio. Er lächelte immer noch, und das machte sie nervös. »Ciao«, sagte sie zu ihm. Dann drehte sie sich um, weil der Butler mit dem Koffer gekommen war. »Setzen wir die Segel?«, sagte sie zu mir und ging los. Wir hatten das Ende der Terrasse erreicht, als wir Arlorios Stimme hörten. »Arianna!«, sagte er laut. »Hast du nicht was vergessen?«

»*Was* denn, deiner Meinung nach.«

»Das weißt du doch genau«, sagte Arlorio und streckte die Hand aus.

Arianna starrte ihn mit ihren großen Augen kurz an, dann begann sie in den Taschen ihrer Jeans zu kramen. Sie waren hauteng, und sie hatte Mühe, das Kartenspiel herauszuziehen. Sie gab es dem Butler, der es seinerseits Arlorio brachte. Welcher es nahm und in der Hand wog, bevor er es, immer noch lächelnd, hinter sich warf, die Klippen hinunter. Da lächelte auch Arianna.

Schweigend folgten wir dem Butler. Als wir zum alten Alfa kamen, ging ich voran, um den Kofferraum zu öffnen. Der Butler verstaute den Koffer, dann wischte er sich die Hände ab. »Auf Wiedersehen, Signorina«, sagte er, »ich hoffe, Sie in Rom wiederzusehen.« Arianna nickte und stieg ins Auto. Auf den ersten einhundert Kilometern sagten wir beide kein Wort. Bei dieser Gelegenheit entdeckte ich, dass zwei Menschen mehr Stille verbreiten als einer. Arianna schaute schweigend aus dem Fenster auf die felsigen Berge, die in der Abenddämmerung erloschen. Das Meer wurde perlfarben. Es lag etwas sehr Trauriges in der Eile, mit der die Tage kürzer wurden. Als wollten sie etwas Nichtwiedergutzumachendes wiedergutmachen. Niedergeschlagen dachte ich an den September, wenn sich die Heftigkeit des Sommers legen würde. »Warum wolltest du, dass ich dich abhole«, fragte ich.

Sie antwortete nicht gleich. Dann sagte sie: »Du hast recht, entschuldige.«

Ich wusste es nur zu gut. Sie hatte mich Arlorio zeigen wollen, so wie er mir an dem Abend vor dem Tor von Sant'Elias Villa gezeigt worden war. Arlorios Vorteil bestand darin, dass er es nicht gewusst hatte. Tja, Vorteile hin oder her, er hatte sie alle. Für mich war es vorbei. Die Straße führte nun an der Eisenbahn entlang. Es wurde dunkel. In der Dunkelheit war es nicht mehr so schwer zu schweigen. Die schnurgerade, von Bäumen gesäumte Strecke war voller Schatten, und der Wind wehte kühl durch die Fenster herein. Wir stießen auf die Lichter des ersten Dorfes in den Castelli und hielten an einer Trattoria, wo wir hastig etwas aßen. Dann fuhren wir sofort weiter, und eine Stunde später waren wir am Stadtrand von Rom. »Soll ich dich zu Hause absetzen«, fragte ich, aber sie sagte, sie wolle nicht mehr zu Eva zurück. »Und wohin sonst?«

»Ich weiß nicht«, sagte sie, »ich dachte, zu dir nach Hause. Für ein paar Tage.«

»Nein«, sagte ich.

»Du weißt jetzt alles, nicht?«, sagte sie und versuchte zu lächeln. In die Stadt zog nun wieder Leben ein. Tag für Tag kamen mehr Leute zurück, und irgendwie würde alles wieder so werden wie vorher. In dieser Stadt änderte sich nie etwas, wirklich wahr. Ich sagte, ich würde sie in ein Hotel bringen. »Okay«, sagte sie, während sie nach irgendwas in ihrer Handtasche kramte. Das Auto füllte sich mit Fliederduft. »Entschuldige«, sagte sie noch einmal, »es tut mir so leid.«

9   Ich war von morgens bis abends blau. Wie in den guten, alten Zeiten, was das angeht. Die Tage vergingen von allein, und aus dem Sommer war Herbst geworden, und aus dem Herbst wurde gerade Winter. Höllisch war nur der Moment nach dem Aufwachen, das morgendliche Kotzen gehört zu den unangenehmsten Dingen einer strammen Säuferkarriere, aber ansonsten konnte ich nicht klagen. Ich ging nach wie vor zum *Corriere dello Sport*, obwohl ich mit meinen zitternden Händen kaum noch Maschine schreiben konnte. Meine Finger landeten zwischen den Tasten, und ich hatte ständig abgebrochene Fingernägel. Meistens saß ich reglos vor der Schreibmaschine, während die Platte im Leerlauf lief. Als die Mädchen es allmählich satthatten, auch für mich zu arbeiten, gaben sie dem Abteilungsleiter einen Tipp. Der Wadenbeißer spielte zunächst den Verständnisvollen, und als das zu nichts führte, teilte er mir mit, dass ich Ende November gehen müsse. Aber es gibt doch eine ausgleichende Gerechtigkeit in der Welt, und zwei Wochen, bevor meine Zeit ablief, lief seine ab. Nicht, dass er gestorben wäre, nein, es gab in der Chefetage der Zeitung, wie mir zu Ohren kam, nur eine Art Revolution, in deren Folge der Abteilungsleiter entlassen wurde und Rosario dessen Platz einnahm. Ich war in ein warmes Nest gefallen.

Abends ging ich zu Signor Sandro, und nachdem ich mich auf den richtigen Pegel gebracht hatte, ging ich raus, um Streit mit Polizisten anzufangen. Leute in Uniform hatte ich noch nie leiden können, und wenn ich trank, hatte ich das dringende Bedürfnis, ihnen das auch mitzuteilen. Ich legte mich mit jedem an, der eine trug, sogar mit Straßenbahnern, aber nach den Polizisten waren mir die Hotelportiere die liebsten. Vollkommen erledigt kam ich dann nach Hause. Morgens nahm ich, wenn ich mich auf den Beinen halten konnte, unser Drehbuch und klapperte die Filmproduktionsfirmen ab. Ich machte das nicht nur für Graziano, sondern auch für mich. Ich zahlte noch immer die Kosten für die Beerdigung ab, die schwindelerregend hoch waren. Ich hatte keinen Erfolg. Nur manchmal gelang es mir, mit jemandem zu sprechen, der wichtiger war als die Sekretärinnen, von denen ich ein paar wohl auch abgeschleppt hatte. Dann eines Tages schaffte ich es bis ins Büro eines Produzenten.

Er war jung, dynamisch, aus dem Norden und mittellos. Er hatte das Drehbuch gelesen, und es hatte ihm sehr gefallen. Bei ihm im Büro war noch ein anderer Typ, einer in Bluejeans und Pullover und von Beruf Regisseur. Ich hatte Filme von ihm gesehen, Western, die nicht so schlimm waren, wie die Titel es vermuten ließen, und wir unterhielten uns nett. Der Film gefalle ihm, sagte der Regisseur, auch wenn das Drehbuch an einigen Stellen geändert werden müsse, die aber für die Story nicht wichtig seien. Es komme allerdings sehr auf den Preis an, sagte der Produzent vorsichtig. Ich sagte, das sollte kein Problem sein, sie wirkten erleichtert, und der Ton wurde wieder nett. Sie hätten auch den passenden Schauspieler an der Hand, einen jungen Popsänger, der sich gerade einen Namen beim Film mache. Er sei natürlich ein bisschen zu jung, aber der Regisseur habe unter anderem ja die Idee, den

Protagonisten um ein Jahrzehnt jünger zu machen. »Aus dem mache ich einen von den ordentlichen Hippies«, sagte er, »aus dem mache ich einen jungen Pazifisten. Dass er seinen Vater umbringt, wird dann viel symbolhafter.«

»Womöglich spielt er auch noch Flöte auf der Piazza Navona«, sagte ich. Der Regisseur kniff die Augen zusammen und ließ sich die Idee durch den Kopf gehen. Er fand sie gut. Wir redeten noch weiter, immer netter, je mehr sich die Flasche Whisky leerte, die auf dem Tisch stand.

Als wir sie ausgetrunken hatten, stieß ich sie zu ihnen rüber, sagte ihnen, wohin sie sie sich stecken sollten und warum. Sie waren stinksauer und wollten sogar handgreiflich werden, aber ich konnte unversehrt die Segel setzen, weil ich die Flasche gepackt hatte. Ich hielt sie noch in der Hand, als ich auf der Straße stand, und steuerte die nächste Bar an, um sie als Leergut zurückzugeben. Sie wollten mir nichts dafür zahlen, und ich diskutierte lange mit dem Argument, dass Glas kein Plastik sei und einen minimalen Marktwert an der Börse ja wohl noch haben müsse. Doch sie hatten keine Ahnung von Hochfinanz, da zog ich ab. Als Erstes traf ich auf einen Polizisten, der gerade aus einem Einsatzwagen stieg. Ich stürzte genau in dem Moment auf die Autotür zu, als er den Kopf herausstreckte. Später erfuhr ich, dass zwei seiner Zähne abgebrochen waren.

Was mich betraf, wachte ich in einem Eisenbett auf, als sich das Gesicht einer Frau mit schweren, geduldigen, von einem weißen Häubchen überragten Zügen über meines beugte, nur wenige Zentimeter entfernt. Unmittelbar danach spürte ich einen Nadelstich am Arm. Die Spritze war angefüllt mit einer roten Flüssigkeit. Ich entdeckte die Gurte an beiden Seiten des

Bettes. Ich fragte, ob man sie benutzt habe. »Nur in der ersten Nacht«, sagte die Krankenschwester.

»Wie lange bin ich denn schon hier?«

»Vier Tage.«

»Geben Sie mir meine Sachen«, sagte ich und setzte mich im Bett auf. Der große Raum war voller Betten, doch nur zwei waren belegt, eines von mir und eines von irgendwem an der Tür. Ich wollte den Arzt sprechen und die Segel setzen, doch als ich versuchte aufzustehen, drehte sich alles in meinem Kopf, und meine Knie knickten ein. Mir war mordskalt, trotz der großen Heizkörper an den maroden Wänden. »Ich bringe dir noch eine Decke«, sagte die Krankenschwester, und half mir zurück ins Bett, »den Arzt kannst du am Mittag sprechen. Hast du jemanden, dem man Bescheid sagen kann, dass du hier bist?«

Ich antwortete nicht und zog mir die Decke über die Schultern. Ich schlief weiter bis zum nächsten Tag, und als ich aufwachte, ging es mir gut, ich hatte Lust, was zu trinken. Die Krankenschwester, nicht dieselbe, sondern eine andere, sagte, das mit dem Trinken könne ich vergessen, doch wenn ich wolle, könne ich mit dem Arzt sprechen. Das war immerhin etwas, ein Arzt. Ich sagte, ich wolle ihn sofort sprechen und dann gehen. Die Betten im Krankensaal waren nun fast alle belegt. Ich wurde in ein Büro mit einem Glasschrank und einem Tisch gebracht. Hinter dem Tisch saß ein alter Mann mit schroffen Umgangsformen. Das Erste, wonach er sich erkundigte, nachdem ich mich ihm gegenüber gesetzt hatte, war, ob ich sterben wolle.

»Nein«, sagte ich.

»Dann sieh dir das hier an«, sagte er, wobei er mir ein Blatt

Papier hinhielt. Ich nahm es nicht, und er legte es nach einem Blick zu mir auf den Tisch. »Weißt du, was ein Delirium tremens ist?«, fragte er. Ich schüttelte den Kopf, und er begann vom Blatt abzulesen. Ich hörte ihn über Bewusstseinsstörung, Persönlichkeitsabbau, innere Unruhe, Stupor, automatisierte Handlungen, monotones Delirium und Konfabulation reden. Konfabulation gefiel mir sehr. »Siehst du manchmal Mäuse?« Diese Frage erschreckte mich. Wieso denn Mäuse, so weit war ich doch nicht. Ich sagte nichts, er bemerkte es und legte das Blatt beiseite. »Erinnerst du dich, dass du eine leere Flasche auf den Spiegel in einer Bar geworfen und die Polizei angegriffen hast? Es liegt eine Anzeige gegen dich vor.« Ich konnte mich nur an den Polizisten erinnern. Der Arzt schaute mich weiter an, dann ließ er seinen Stift auf den Tisch fallen und verkündete das Urteil. »Du darfst keinen Tropfen Alkohol mehr anrühren«, sagte er, »deine Leber lässt das nicht zu. Du musst aufpassen. Es gibt Leute, die können trinken, und Leute, die können es nicht. Du kannst es nicht. Merk dir das, wenn du weiterleben möchtest. Wenn nicht, tu, was du willst.«

»Ich werde nicht mehr trinken«, sagte ich.

»Das liegt bei dir.«

»Ich werde nicht mehr trinken«, sagte ich noch einmal, »kann ich jetzt gehen?«

»Wenn dir danach ist«, sagte er. Da bedankte ich mich bei ihm und wandte mich zur Tür. Als ich sie öffnete, redete er weiter. »Gazzarra«, sagte er. Und ich drehte mich um, weil seine Stimme anders klang, freundlich. »Es wird hart«, sagte er, als ich ihn ansah. »Ich weiß«, sagte ich, »ich habe es schon mal probiert.« Plötzlich war mir zum Heulen zumute. »Komm wieder, wenn du Hilfe brauchst.« Ich schloss die Tür und ging durch den Flur. Eine Krankenschwester schob einen Wagen voll roter Spritzen vor sich her. Er klingelte wie ein Flaschenwagen. Ich hielt sie an und fragte, ob ich meine Sachen haben könnte. Dann ging ich in den Krankensaal, setzte mich auf mein Bett und wartete. Als die Krankenschwester mit meinen Sachen zurückkam, fragte ich sie, welchen Tag wir hätten. Es war zehn Tage vor Weihnachten.

Immer wenn einer mit dem Trinken aufhört, hat er das Gefühl, die Welt nutze die Gelegenheit, um ihn niederzuwalzen, aber in meinem Fall war das nicht bloß ein Gefühl. Am nächsten Morgen wurde ich zu Hause von einem gedämpften, monotonen Tuckern geweckt, das ich noch nie gehört hatte. Ich ging zum Fenster und sah, dass das Tal hinüber war. In der kalten Dezembersonne rodete ein Bagger die Bäume und hinterließ wie eine Wunde eine dunkle Spur in der Landschaft. Es wurde gebaut, und man begann wie immer damit, alles zu zerstören. Das ging viele Tage so, und manchmal gesellte sich zum Tuckern des Baggers das Krachen eines fallenden Baumes, doch ich war jetzt nur noch zum Schlafen zu Hause.

Ich konnte mich kaum auf den Beinen halten. Der Alkohol war aus meinen Venen verschwunden, hatte aber eine Leere hinterlassen, die ich nicht ausfüllen konnte. Ich zwang mich, viel Fleisch und frisches Gemüse zu essen, wie es auf dem Zettel stand, den sie mir bei der Entlassung aus dem Krankenhaus zusammen mit den blauen Tabletten gegeben hatten, doch ich konnte nur mit Mühe etwas Tee und frisch gepressten Orangensaft trinken. Eines Abends rief ich die Diaconos an, weil ich dachte, dass mir das Essen in Gesellschaft mehr Spaß machen würde. Viola meldete sich, aber da ich hinter

ihrer Stimme noch andere hörte, die ich kannte, verabrede-
te ich mich erst für den darauffolgenden Abend mit ihr. Als
ich in ihren Salon kam, stand dort hinter der weißen Samtcouch ein Weihnachtsbaum, der es fast mit dem aus dem Ri-
nascente-Kaufhaus aufnehmen konnte. »Die ganze Stadt ist
verrückt geworden«, sagte Viola, »warst du in den letzten Tagen mal im Zentrum?«

Das hatte ich tunlichst vermieden. Wenn ich etwas nicht
ausstehen konnte, so waren es die Straßendekorationen und
die Weihnachtsmänner mit den weißen Bärten vor den Geschäften. Auch die Weihnachtsbäume ertrug ich nicht mehr,
seit sie aus Plastik waren, doch das sagte ich nicht, und zwar
nicht nur, weil der Baum der Diaconos ein echter Baum mit
Geruch und allem Drum und Dran war, sondern auch, weil es
mir gutging und mir nicht nach Reden war. Ich schaute dem
Butler zu, der zum Tischdecken hin- und herlief. Es herrschte
eine angenehme, familiäre Atmosphäre, während wir darauf
warteten, das Renzo vom Fernsehen nach Hause kam. Und da
war noch etwas. Ich hatte die im Flur aufgestapelten, bunten
Päckchen gesehen, die mich an tief im Gedächtnis vergrabe-
ne Weihnachtsfeste in Mailand erinnert hatten, an die kalte,
feuchte Luft, den Geruch nach Nebel und nach Mandarinen
und vor allem an die Geschäfte, die Lebensmittelläden, zau-
berhaft geschmückt mit Bergen von frischem Käse, Wurst-
ketten und heißen, köstlichen Würstchen. Zu Weihnachten
bestellte mein Vater immer körbeweise Vorräte, und Heilig-
abend herrschte den ganzen Nachmittag ein ständiges Kommen und Gehen von Laufburschen, die an der Tür klingelten
und Berge von Wunderdingen auf dem Küchentisch abluden,
und dies unter dem Jubelgeschrei meiner Schwestern, die

von allem naschten und so meine Mutter auf die Palme brachten, weil sie das Aussehen der Speisen ruinierten. Gott, wir waren wirklich glücklich gewesen, damals. Plötzlich packte mich der unwiderstehliche Wunsch, nach Mailand zu fahren.

»Früher war Weihnachten gemütlicher«, sagte Viola, »jetzt ist der Geschenkerummel der blanke Wahnsinn. Weißt du, wie viel Renzo für Weihnachtsgeschenke ausgeben musste?«

»Das ist für dich«, sagte mein Vater, wenn er die Geschenke verteilte, »und das ist für dich und das für dich.« Er nannte uns nie beim Namen, keine Ahnung, warum.

»Hast du nichts von Arianna gehört?«

»Na ja«, sagte ich, während ein Messer zu bohren begann, »sie wird wohl Flieder züchten.«

»Das ist doch verrückt«, sagte Viola, ohne zu wissen, wovon ich redete, aber sie hatte ja auch nicht vor Sant'Elias Villa gestanden, »dieser Typ, dieser Arlorio, hindert sie daran, ihre Schwester zu sehen und damit auch uns. Eva ist verzweifelt. Sie ist in einer schrecklichen Verfassung.« Sie sah mich an. »Du weißt doch, dass sie mit Arlorio zusammen ist, oder«, fragte sie unsicher. Ich sagte nein, und sie biss sich auf die Lippe, also sagte ich, dass ich es allerdings vermutet hätte, und sie erholte sich wieder. Sie wurde nachdenklich. »Warum musste das so enden, Leo?«, sagte sie, doch ich antwortete nicht. Sich darüber nicht den Kopf zu zerbrechen, war schon schwer genug, wenn sich die anderen nicht einmischten. Doch Viola war in Redelaune. »Schuld war vor allem Eva. Sie war wahnsinnig eifersüchtig. Ich meine nicht wegen Livio, das war vollkommen verrückt, meiner Meinung nach, ich meine das vorher, das mit dir. Sie hat es nicht ertragen, dass Arianna dich liebte.«

So erfuhr ich, dass sie mich geliebt hatte. So erfuhr ich, in dem vertraulichen, eindringlichen Ton von Klatsch und Tratsch, dass sie mich geliebt hatte. Meinetwegen habe es entsetzliche Szenen gegeben. Eva habe nicht verstanden, wie Arianna sich in einen kaputten Typ wie mich hatte verlieben können. Sie hätten sich in einer Tour gestritten, aber die heftigste Szene habe es gegeben, als ich beim Fernsehen wieder abgehauen sei. Sie hätten alle beim Abendessen gesessen, und Arianna sei in Panik immer wieder aufgesprungen, um mich anzurufen, bis Eva explodiert sei. Es habe zerschlagene Teller und Blumentöpfe gegeben, und am Ende sei Arianna gegangen und habe geschrien, sie werde zu mir ziehen. Aber sie habe mich nicht angetroffen, und um fünf Uhr morgens sei sie zu den Diaconos gekommen. Ihr Zustand habe es nötig gemacht, einen Arzt zu rufen. »Sie bekam keine Luft«, sagte Viola. Ich sagte nichts. Ich dachte an den Abend danach, als sie zu mir nach Hause gekommen war und ich sie mit dem Rücken zu ihr im Sessel hatte sitzen lassen.

Renzo kam herein und verpasste mir einen von seinen Schulterschlägen. »Wen haben wir denn da«, sagte er. »Was sagst du zu dem Baum?«

»Er ist immer noch derselbe Wilde«, sagte Viola lachend, »er hat ihn keines Blickes gewürdigt.« Sie gingen mir auf die Nerven. Ich dachte an das, was Viola zu mir gesagt hatte, als sie mich an dem Abend, als ich beim Fernsehen abgehauen war, zur Tür gebracht hatte. Ruf doch mal Arianna an, du weißt ja, was für ein Drama sie immer aus allem macht, das hatte sie gesagt. Nach allem, was passiert war, nachdem sie sie in diesem Zustand gesehen hatten, hatte sie das gesagt. Aber so waren sie eben. Sie nahmen alles auf die leichte Schulter. Sie waren oberflächlich und von sich überzeugt. Sie zerschmetterten einen mit einem Spruch und gingen dann zum nächsten Sessel in Reichweite weiter. Tja, wieder ein zu streichender Posten. Ich musste mich überwinden, um beim Abendessen etwas zu sagen. Und dann noch einmal, um mit Renzo Schach zu spielen. Ich dachte an Mailand. Sehnte mich ein bisschen nach dem anständigen, etwas dumpfen Leben, das man in meiner düsteren Stadt führte. Ich hatte die Nase voll von Sprüchen und von Salons, in denen man sich umbrachte, ohne Blut zu vergießen, als eine Art Trockenübung, so als wären die Menschen nur Kleider.

Als ich rauskam, polierte ein eisiger, handabschneidender Wind die Stadt, und über ihr leuchtete ein herzzerreißender Himmel. Ich schlug meinen Mantelkragen hoch und stieg in den alten Alfa. Vor dem Wind geschützt zählte ich das Geld, das ich hatte. Es reichte. Um eins ging ein Zug, und ich erwischte ihn knapp. Ich fuhr die Nacht durch. Der Zug war voll, und im Abteil bekam man keine Luft. Also ging ich auf den Gang, setzte mich auf einen Klappsitz und lehnte mich mit der Stirn ans Fenster. Das war ungemütlich, trotzdem schlief ich ein, während die Stimmen aus den im Dunkeln versunkenen Abteilen zu mir drangen. Als Letztes hörte ich in der Stille eines kleinen Bahnhofs das Lachen eines Mädchens, dann spürte ich nichts mehr, auch nicht die Kälte des Fensters an meiner Stirn. Ich wachte zweimal auf. Einmal mitten in der Nacht, als der Zug durch die Apenninen fuhr. Sie waren schneebedeckt, und ich betrachtete sie, während ich eine rauchte. Das zweite Mal war fast schon im Morgengrauen, als wir durch die Ebene rasten. Zwei Stunden später war ich in Mailand.

Ich stieg aus dem Zug in einen fahlen Morgen. Ich war am Ende und spürte diesen Geruch nach Eisenbahn an mir, den man nach einer Nacht im Zug an sich hat. So ohne Gepäck und in diesem Zustand konnte ich nicht zu Hause erscheinen. Ich ging ins öffentliche Bad. Das Gesicht, das ich im Spiegel sah, machte mir klar, wie hoffnungslos mein Vorhaben war. Meine Augen, verquollen und gerötet, verrieten mich, dazu die Wangen, eingefallen, schlaff, greisenhaft. Ich nahm eine Dusche und ging zum Friseur, ohne nennenswerte Verbesserungen. Also versuchte ich es mit einem Frühstück, doch der Kaffee war ekelhaft und verbrannte mir die Zunge, das in Plastik verpackte Croissant kam offenbar aus einer Fabrik für Autoreifen, und der Barmann war nicht viel mehr als ein Tellerwäscher, der es eilig hatte. Ich musste mich sehr zusammenreißen, um nicht in den nächsten Zug zu steigen und diesen Bahnhof zu verlassen.

Ich kannte den Geruch der Luft, diesen Geruch nach Nebel und qualmenden Zweigen, den Mailand im Winter hat. Tags zuvor hatte es geschneit, und die Gehsteige waren mit schmutzigen, vereisten Schneehaufen gesäumt. Die Häuser standen in einem hellen Dunst, der die Geräusche dämpfte, hin und wieder von einer Sonne durchbrochen, die zu verlöschen drohte. Es war kalt. Mit immer noch steifen Gliedern stieg ich in eine Straßenbahn – *aber die Straßenbahnen sind schön* – und setzte mich auf eine Bank aus blankpoliertem Holz. Rings um mich her hörte ich den alten, vergessenen Tonfall, und die Leute waren blass und abgespannt, bereit für das alltägliche Gemetzel.

Allmählich erkannte ich die Straßen meines Viertels wieder. Viele Geschäfte waren neu seit der Zeit, als ich dort gewohnt hatte, und ich erkannte sie fast nur an den Namen. An diesem Morgen sah ich die Veränderungen deutlicher, und doch tauchte etwas aus der Vergangenheit auf, ein Lokal mit seinem grünen Schild und der weißen Tänzerin, die Geschäfte der Chinesen und der Tabakladen, in den die Nutten gingen, um ein bisschen zu plaudern und sich zu kämmen, all das hielt stand, eingeklemmt zwischen den neuen Geschäften mit ihren Glasvitrinen. Dann erkannte ich plötzlich überhaupt nichts mehr. Wo war die hässliche Barockkirche geblieben? Für einen kurzen Moment dachte ich, die Straßenbahn hätte ihre Linienführung geändert, und unwillkürlich schaute ich nach den Straßennamen. Es waren die richtigen, aber die Kirche war weg, und nicht nur die Kirche, wie ich beim Aussteigen feststellte, sondern auch der Hügel vor meinem Elternhaus. Er war baumbestanden gewesen, mit Granittreppen und ausgedehnten Hängen, auf denen ich als Kind in langen, eisigen Wintern Schlitten gefahren war und mir einmal den Arm gebrochen hatte. Er war weg. Man hatte ihn abgetragen, und nun stand da der Flachbau einer Markthalle. Aber nicht das brachte mich aus der Fassung. Sondern die Zeitspanne, in der das passiert war, in kaum mehr als einem Jahr. Ich stieg also aus der Straßenbahn und begann auf dem Markt herumzuschlendern. Er quoll über von Waren, vor allem Obst und Tannen, die in den Ecken aufgehäuft waren und einen absurden Geruch nach Wald verbreiteten. Ich kaufte Weintrauben und aß sie. Ihre Kälte tat an den Zähnen weh. Ich sah mir mein Elternhaus an. Es hatte sich nicht verändert, sagte mir aber trotzdem nichts. Es lag an der Straße, sie ruinierte alles. Früher war sie sauber gewesen, jetzt war sie ekelhaft. Da warf ich noch den Traubenstiel dazu und wollte sie schon überqueren, um zum Haus zu gehen, blieb aber stehen.

Mein Vater kam aus der Tür. Ich wollte ihn rufen, aber dann kam mir die Idee, ihm zu folgen und mich bei ihm unterzuhaken, als ob nichts wäre, um seine Überraschung zu sehen, doch ich rührte mich nicht. Er schien sich nicht verändert zu haben, groß war sein Körper in dem Mantel, und sein Schritt immer noch weich und kräftig, aber ich wusste, dass ich bei einem Blick in seine Augen gesehen hätte, wie alt er geworden war. Ich rührte mich nicht, während er zu seinem Auto ging. Er öffnete die Tür und drehte sich zum Haus um. Ich folgte seinem Blick und entdeckte meine Mutter am Fenster. Er winkte ihr zu, ein Gruß und zugleich die Bitte, ins Warme zurückzukehren, damit sie sich nicht erkältete, aber sie ging nicht weg, lächelte und winkte ihm ebenfalls. Es war ein Ritual, das ich nie bei ihnen gesehen hatte. Vielleicht gab es das, seit sie allein waren. Nun stieg mein Vater ins Auto und wartete mit seiner unfassbaren Achtung vor den Dingen eine ganze Weile reglos darauf, dass der Motor warmlief. Die ganze Zeit über blieb meine Mutter am Fenster, das aber geschlossen war, sodass ich sie nicht gut erkennen und auch nicht sehen konnte, wie es ihr ging. Als das Auto endlich anfuhr und sich hustend auf die Kreuzung zubewegte, verschwand meine Mutter vom Fenster.

Ich rührte mich immer noch nicht. Nie hatte ich die beiden so ruhig erlebt. Natürlich dachten sie nicht an mich, warum, also, hätte ich sie stören sollen? Es war zwei Tage vor Weihnachten, und wahrscheinlich war schon alles für das Essen mit den Töchtern, mit den Männern der Töchter und mit den Kindern der Töchter vorbereitet. Alles anständige Leute, was sollte ich dabei? Ich spürte schon die stillen Blicke meines Vaters, hörte schon die Fragen meiner Mutter, die Kommentare meiner Schwestern, herab von ihrem artigen Häufchen der Ehrbarkeit, in der sie sich ihr Nest gebaut hatten. Ich war vor langer Zeit weggegangen, sollte ich sie da ausgerechnet zu Weihnachten stören? Trotzdem, irgendwas musste ich tun, mich wenigstens bewegen. Es war zu kalt, um stillzustehen. Also suchte ich eine Salumeria und lief herum, bis ich eine gefunden hatte, die in Ordnung war. Drinnen war sie reicher und prächtiger als eine Kathedrale. Ich bestellte ein Brötchen mit heißen Würstchen, dazu Sauerkraut und etwas Senf, ich aß im Gehen, auf dem Weg zum Bahnhof. Die Würstchen waren sensationell. Sie waren eine Reise nach Mailand wert, was das angeht. Es war merkwürdig, aber ich war nicht mal traurig. Nicht allzu sehr, jedenfalls. Ein bisschen kaputt, das ja, und irgendwann nahm ich die Straßenbahn. Mit etwas Glück konnte ich immer noch ein gutes Buch am Bahnhofskiosk und einen nicht zu vollen Zug finden. Ich hatte Glück. Das Buch war gut und der Zug praktisch leer. Die Traurigkeit überfiel mich, als der Zug sich in Bewegung setzte. Als ich merkte, dass es für mich dasselbe gewesen wäre, wenn er in eine andere Richtung, in irgendeine andere Richtung gefahren wäre.

Ende Januar bekam ich einen Brief von Glauco und Serena. Es war der erste seit zwei Jahren, und als ich ihn sah, wusste ich sofort, dass es auch der letzte sein würde. Sie kamen zurück. Sie nannten den Tag und die Nummer des Fluges, und ich dachte, dass ich sie abholen sollte. Ich brauchte zwei Tage, um die Wohnung aufzuräumen. Ich musste mir von der

Concierge helfen lassen, weil die Bagger im Tal inzwischen zahlreich waren und höllisch viel Staub aufwirbelten. Monatelang hatte ich alles verwahrlosen lassen, und es gab reichlich zu tun, bevor die drei Zimmer wieder annehmbar aussahen.

Als die zwei aus dem Flugzeug stiegen, fiel mir sofort auf, dass sie sich verändert hatten. Es war schwer, sie von den anderen Passagieren zu unterscheiden, dann erkannte ich Glaucos Gang eines Boxers und neben ihm Serenas dünne Gestalt in einem Poncho. Sie kamen mit großen Gesten auf mich zu. Glauco stieß als Erster zu mir. Er war dick geworden und viel heiterer als bei seiner Abreise. Offenbar hatte er ihn zurückgewonnen, den Titel. Er schüttelte mir herzlich die Hand. Serena dagegen küsste mich auf den Mund. »Sieh mich bloß nicht an«, sagte sie, »der Flug war schrecklich.« Doch sie war sehr hübsch, und als sie den alten Alfa entdeckte, lachte sie vergnügt. »Was«, sagte sie, »du hast die alte Schüssel immer noch? Wie rührend!«

Wir verstauten die Koffer und quetschten uns zu dritt auf die Vordersitze. Glauco war der Zufriedenste. Er habe zwei Ausstellungen in den besten Galerien von Mexiko-Stadt gehabt. Und was Serena betraf, habe es nicht einen Kritiker gegeben, der ihre Bühnenbilder für *Andrea Chénier* und *La Traviata* nicht irrsinnig toll gefunden hätte. Ob ich wisse, wie man sie genannt habe? Die zwei genialen Italiener habe man sie genannt. Und ich machte mir keine Vorstellung von den Empfängen. Einfach umwerfend, mit diesen ganzen Militärs und Politikern. Glauco, das stimme schon, sei auch mal von einem Studenten angespuckt worden, doch sie hätten gelernt, auf die Protestierer zu pfeifen. Man verstehe ja nicht mal, was die sagten. Die brächten nichts weiter fertig, als sich auf öffentlichen Plätzen ermorden zu lassen. »Kurz und gut, jede Menge Geld«, sagte Serena, »wir können es kaum erwarten, wieder zurückzufahren. Wie läuft es hier?«

»Immer dasselbe«, sagte ich.

»Wie zum Teufel könnt ihr bloß hier leben«, sagte Glauco.

»Wir fliegen so bald wie möglich zurück. Nicht wahr, Liebes?« Sie nahmen kaum Notiz von dem ordentlichen Zustand, in den ich die Wohnung gebracht hatte und der unter ihrer Gepäcklawine, nebenbei bemerkt, sehr kurzlebig war. Serena nahm einen mexikanischen Morgenrock aus dem Koffer, ging duschen und setzte sich dann in den Sessel, um eine Flasche Tequila aus dem Duty-Free-Shop zu trinken. »Es geht doch nichts über einen Tequila«, sagte sie, »das ist *fuego*! Also, willst du mir jetzt erzählen, wie es dir geht, oder nicht?«

»Alles wie immer«, sagte ich, »nein, ich trinke nicht.«

»Natürlich kannst du so lange bleiben, wie du willst. Du wirkst ein bisschen angeschlagen.«

»Er kann auch für immer bleiben«, sagte Glauco, der in Unterhosen aus dem Bad kam, »aber hier willst du bestimmt nicht länger wohnen.« Doch zu dem Betongerüst, das den Platz der Bäume im Tal eingenommen hatte, sagte er nichts.

»Ich gehe zurück ins Hotel«, sagte ich, »ich habe mich schon angemeldet. Sie geben mir mein altes Zimmer wieder. Aber erst morgen, wenn es euch nichts ausmacht.« Es machte ihnen nichts aus, und nach einem letzten Glas fingen sie an, die Koffer auszupacken und ihre Sachen in den Schlafzimmerschrank zu räumen. Alles, was sie in die Hand nahmen, hatte eine Geschichte, und ihnen lag daran, sie mir alle zu erzählen. »Das hier ist für dich«, sagte Serena und gab mir ein kleines Totem aus Bronze, »das ist der Gott der Fruchtbarkeit.« Er war plattgedrückt, düster und hatte zwei rote Steine anstelle der Augen. »Du alter Saukerl«, sagte Glauco und setzte sich aufs Bett, »wer weiß, wie viele du in meinem Bett flachgelegt hast. Wie läuft's mit den Frauen? Habe nie verstanden, warum die eine Schwäche für dich haben. Und die Freunde?«

»Graziano ist tot«, sagte ich.

»Du meine Güte, was sagst du da«, sagte er, »das tut mir leid, er war einer von uns.«

Na klar doch. Ich wollte ihm ein für alle Mal sagen, was ich von ihm hielt, als Serena mit dem roten Bademantel in der Hand hereinkam. »Diesen Fetzen hast du aufgehoben?«, sagte sie, »warum hast du den denn nicht weggeschmissen?« Sie küsste mich auf den Mund. Es fiel mir schwer, die beiden zu ertragen, und ich bereute, dass ich behauptet hatte, mein Hotelzimmer wäre erst am nächsten Tag frei, aber da waren noch meine Bücher und mein Gewand, und für die Lösung dieses Problems brauchte ich auf jeden Fall noch einen Tag. Um die zwei loszuwerden, ging ich zum *Corriere dello Sport*, obwohl es mein freier Tag war.

Als ich am Abend zurückkam, saßen sie vor dem Fernseher. Sie hatten ihn noch am selben Nachmittag reparieren lassen. Ich blieb für eine Zigarettenlänge bei ihnen und ging dann in mein Zimmer. Zum ersten Mal schloss ich die Tür. Ich hatte große Mühe einzuschlafen, denn seit ich mit dem Trinken aufgehört hatte, litt ich unter Schlaflosigkeit. Ich hörte sie in der Wohnung herumlaufen, zwischen Bad und Flur, und für ein paar Minuten hörte ich auch ihre Stimmen, Serena, die kicherte, und Glauco, der sie als Dummchen bezeichnete. Dann schlossen auch sie ihre Schlafzimmertür. Nach einer Weile hörte ich die Sprungfedern ihres Bettes quietschen. Da machte ich Licht und begann zu lesen. Als Serena ins Bad ging, musste sie das Licht unter meiner Tür bemerkt haben, denn ich hörte sie erneut kichern.

Am nächsten Morgen ging Glauco früh aus dem Haus, um nach einem Atelier zu suchen, das er mieten konnte, und Serena brachte mir Kaffee ans Bett. Sie trug den roten Bademantel, der über der Brust geöffnet war. »Rutsch mal ein Stück«, sagte sie und setzte sich aufs Bett, als ich meinen Kaffee trank. »Warum hast du ihn aufgehoben?«, fragte sie und strich über den Rand des Bademantels.

»Ich dachte, du könntest ihn noch brauchen.«

»Diesen Fetzen?«, sagte sie lachend. Dann streichelte sie die Bettdecke. »Du siehst nicht gerade ausgeruht aus«, sagte sie.

»Ich habe wenig geschlafen«, sagte ich.

»Genau wie ich«, sagte sie.

»Bestimmt wegen der Reise«, sagte ich und dachte daran, wie ich sie zwei Jahre zuvor zwischen den Koffern umarmt hatte.

»So kann man es auch sehen«, sagte sie kichernd. Da sagte ich ihr, dass ich meine Bücher zusammenpacken müsse, und gab ihr zu verstehen, dass sie die Segel setzen sollte. Einen Moment lang saß sie sprachlos da, dann zuckte sie mit den Schultern und lachte erneut. »Seltsam«, sagte sie, »du warst immer der seltsamste von Glaucos Freunden.« Als ich allein war, schaute ich in die Kaffeetasse. Es war noch ein Rest drin, und ich trank ihn aus. Dann streckte ich mich erneut im Bett aus und hörte dem Lärm der Bagger zu.

10   Von allen Hotels, in denen ich gewohnt hatte, war mir das hinter dem Campo dei Fiori das liebste. Abends kam ich gern zu Fuß durch die Gassen und über die leeren, stillen Plätze dorthin zurück. Dort war das alte, steinerne Herz der Stadt, das visionäre Architekten fünf Jahrhunderte zuvor auf Geheiß von strengen Päpsten erbaut hatten, und dort reckte eine unverhältnismäßig große Zahl von zwischen den Häusern eingeklemmten Kirchen ihre Travertinspitzen in die Höhe, um auf die mögliche Grausamkeit des Himmels hinzuweisen. Tagsüber war das Viertel ein Ameisenhaufen, doch gegen Abend war zu spüren, dass man sich unterhalb des Flusspegels befand, und an den Hauswänden zeugten Steintafeln mit einem Datum von den Wasserständen uralter Überschwemmungen. Im Schutz höherer Dämme war das Viertel nun wie ausgetrocknet. Große Risse durchfurchten die Mauern der Palazzi, der Putz bröckelte ab, und wenn man die Straßen entlangging, konnte man durch die Fenster sehen, wie die bemalten Decken verfielen. Die Handwerker in ihren Werkstätten sahen immer so aus, als brächten sie etwas in Ordnung.

Ich traf mich oft mit einem Mädchen namens Sandra. Sie war zweiundzwanzig, und wir verabredeten uns auf der Piazza Navona, um zusammen essen und ins Kino zu gehen. Sie liebte Programmkinos, aber es liefen immer Filme, die ich schon kannte, und als ich ihr schließlich sagte, entweder ich oder die Programmkinos, entschied sie sich für die Programmkinos.

Ansonsten ging ich jeden Tag zum *Corriere dello Sport*, doch ich arbeitete nicht mehr mit Rosario zusammen. Ein Artikel, den ich in Vertretung eines kranken Redakteurs geschrieben hatte, war für mich der Türöffner zur Redaktion gewesen. Ich hatte keinen Grund gesehen, das nicht anzunehmen, aber Rosario hatte es krummgenommen, weil ich nun das tat, wovon er immer geträumt hatte, und ich nun mehr verdiente. Es tat mir leid, dass sich unser Verhältnis so abgekühlt hatte, denn er hatte mir in schweren Momenten beigestanden, und ich versuchte, ihn so oft wie möglich im Aufnahmeraum zu besuchen, aber das regte ihn nur noch mehr auf, und so ließ ich es schließlich sein.

Im Frühling veröffentlichte der für Tennis zuständige Redakteur ein Interview mit Livio Stresa. Der begann wieder Turniere zu spielen, und der Redakteur fragte sich, ob man mit vierzig und nach einer so langen Pause noch was gewinnen konnte. Das Turnier fand in Rom statt, und ich verfolgte es anhand der Nachrichten, die wir brachten. Zur allgemeinen Überraschung spielte Stresa großartige Partien und kam mit einem Quäntchen Glück bis ins Finale gegen einen zwanzigjährigen Polen, der zuvor den Spitzenspieler des Turniers ausgeschaltet hatte. Ich überlegte ein bisschen, dann beschloss ich, mir Stresa anzusehen.

Es war ein prächtiger Frühlingstag, und auf den Rängen saßen Filmschauspieler, Regisseure, Schriftsteller, Journalisten, die schönsten Mädchen der Stadt und die Frauen, die man sonst nur auf den Photos der Illustrierten sah. Die Spannung war groß, und alle waren auf der Suche nach den besten Plätzen. Ich suchte die Clique auf der Haupttribüne, die am teuersten war, fand sie aber nicht. Stattdessen sah ich sie auf den untersten Rängen in Höhe des Spielfeldes, wo man das Match verfolgen konnte, ohne den Kopf zu bewegen, und wenige Meter hinter den Spielern mitfiebern konnte. Sie trugen komische weiße Mützen und waren alle da, die Diaconos, Eva, der junge Russe, das Model, der Komödienschreiber und der Romancier mit dem weißen Schnauzer, der im Winter ein Buch veröffentlicht hatte, ohne einen nennenswerten Preis zu erhalten. Nur Arianna fehlte. Als Stresa auf den Platz kam, sprang die ganze Clique schreiend auf, doch er war sehr nervös und beachtete sie kaum.

Es war ein langes, zermürbendes Match, Stresa war ein guter Spieler, kühl und intelligent, während der Pole, blond und von den Damen sehr geschätzt, mit großer Wut spielte. Sofort war klar, dass der gewinnen würde, der diese Strapaze länger durchhielt. Im Verlauf von fast drei Stunden wechselte die Clique von Überschwang zu Niedergeschlagenheit. Jedes Mal, wenn Stresa auf ihrer Seite des Platzes spielte, machten sie so viel Radau, dass der Schiedsrichter mehrfach Ruhe einfordern musste. Aber spannend war es, das Match, und als Stresa zu Beginn des fünften Satzes anfing, seine Rückhand ins Netz zu schlagen, feuerte auch ich ihn an. Keine Ahnung, warum ich das tat. Vielleicht, weil ich geheilt war, vielleicht, weil er auf die subtile, grausame Art litt, auf die man beim Tennis leiden kann, voller Stille und Einsamkeit, vielleicht, weil ich gesehen hatte, wie er im Theaterfoyer Evas Glas gehalten hatte, und weil er nun dort unten, zwischen all den schreienden Menschen, nicht mehr aussah wie ein verirrter Vogel, sondern wie ein Kampfhahn mit blutigen Sporen. Vielleicht auch, weil wir beide Arianna in den Armen gehalten und sie verloren hatten.

Das letzte Spiel fand in angespannter Stille statt, während die beiden Spieler sich Todesstöße versetzten. Nach einem Stoppball von Stresa schnellte der Pole ein letztes Mal vor, erwischte den Ball unterm Netz und holte ihn gerade so weit hoch, wie nötig war, um ihn wieder ins Spiel zu bringen. Ich sah, wie Stresa am Ende des Platzes erstarrte und die Augen schloss. Ein Schrei erklang. Ich erkannte Evas Stimme. Dann brauste von den Tribünen ein befreiender Applaus auf, während die Nerven des Polen plötzlich versagten und er in hemmungsloses Weinen ausbrach. Stresa schaffte es zu lächeln und fiel ihm um den Hals, als er ihm gratulierte. Und da freute ich mich, dass ich ihn angefeuert hatte. Leute, die verlieren konnten, hatten mir schon immer gefallen.

Ich wandte mich im Gedränge zum Ausgang. Kurz vor dem Tor hörte ich, wie mich jemand rief. Es war Eva. Offenbar hatte sie die anderen verloren, sie war allein. »Was ist los«, fragte sie unsicher, »sagst du mir nicht guten Tag?« Dann musste sie sich an meinen Arm klammern, während wir zur Tribüne zurückgedrängt wurden. »Gott, was für schreckliche Leute!«, sagte sie verängstigt. Ihr Gesicht war rot von der Sonne, und in ihrer dunklen Brille spiegelte sich die Menge, die uns umgab.

»Ich habe dich nicht gesehen«, sagte ich, »es tut mir leid für Livio, er hat ein tolles Spiel hingelegt.« Aber nicht über Stresa wollte sie sprechen. Das Gedränge machte ihr Angst, immerzu schaute sie sich nervös um. »Hast du nichts von Arianna gehört«, fragte sie, ohne meinen Arm loszulassen. »Wusstest du, dass er nicht will, dass ich sie sehe? Wusstest du, dass sie mich hasst? Ich hatte so gehofft, sie heute zu treffen!« Auch ich schaute mich um. Ich sah einige aus der Clique. Im Gedränge waren sie auseinandergerissen worden und suchten sich nun rufend. Eva ließ meinen Arm nicht los. »Bist du sicher, dass du nichts von ihr weißt? Oh, bitte! Sag mir, wenn du was weißt!«, sagte sie jammernd, während die Massen in ihrer Sonnenbrille kämpften. »Nein«, sagte ich, »ich weiß nichts. Wenn ich was wüsste, würde ich es dir sagen.« Und das war die Wahrheit, ich hätte es ihr gesagt. Sie nickte. »Ja«, sagte sie, »ich weiß, dass du es mir sagen würdest. Du verstehst das, das alles.« Nach einem kurzen Zögern streckte sie mir die Hand hin. »Willst du mir nicht die Hand geben?«, sagte sie. Ich gab sie ihr, und sie sagte: »Verzeih mir, ich wünsche mir so sehr, dass du mir verzeihst.« Da bat auch ich sie um Verzeihung, warum, weiß ich nicht. Jemand rief ihren Namen. Sie drehte sich noch einmal um zu mir, bevor sie ging, dann schwappten die drängelnden Menschen über den Rand ihrer Brille, und sie verschwand zwischen ihnen.

Ich wusste, dass ich Arianna wiedersehen würde. Ich hatte das im Gefühl. Es war an einem Nachmittag eine Woche später. Sie schlenderte träge durch die Via Frattina und sah sich die Schaufenster an. Ich kam aus dem *Corriere dello Sport* und war zu Fuß auf dem Weg in mein Hotel. Sie sah mich. »Das gibt's doch nicht!«, sagte sie begeistert.

»Doch«, sagte ich, »ich habe überlebt.«

»Das verzeihe ich dir nie«, sagte sie, »was hast du wirklich angestellt?«, sagte sie weiter und griff nach meinen Handgelenken, »zeig her, du hast ja nicht mal Narben.« Dann schaute sie mich aufmerksam an. »Ich bin so froh, dich zu sehen, weißt du das?« Ihre Stimme klang anders, aber ich erkannte sie wieder. Ich hätte sie unter tausend Stimmen wiedererkannt, nach tausend Jahren, und egal in welcher Welt ich mich befunden hätte. Wir musterten uns einen Moment schweigend. Sie war wunderschön, na klar, doch die Mode hatte sich verändert und sie sich auch. Sie trug einen knöchellangen Rock und eine Seidenbluse mit einer schwarzen Schleife über der Brust. Ihr Haar hatte sie im Nacken zusammengebunden, und ihre großen Augen verschlangen ihr Gesicht. Sie war ruhig, gar nicht forsch, und irgendwie ähnelte sie den Frauen auf manchen alten, braunen Photos. »Wie wär's mit einem kleinen Muntermacher?«, sagte sie.

»Ich trinke nicht mehr.«

»Schon wieder? Das wird ja zur schlechten Gewohnheit«, sagte sie und betrat die Bar gegenüber. Sie bestellte einen Sherry und bedankte sich beim Barmann mit ihrem typischen Lächeln. Er war alt und erinnerte sie an Signor Sandro.

»Den gibt es nicht mehr«, sagte ich, »er ist in Rente gegangen.« Sie wollte wissen, wohin, und ich nannte das Erstbeste, was mir einfiel, ein altes Hotel in Stresa.

»Keine Namen, bitte«, sagte sie, »was machst du so?«

»Immer noch dasselbe«, sagte ich, »und du mit deiner Architektur?«

»Ich liebe die Romanik«, sagte sie unschuldig, »wieso?« Da lachten wir beide und verließen die Bar, um einen Schaufensterbummel zu machen. »Weißt du noch, wie gern ich mir vorstellte, mir Kleider kaufen zu können?«, sagte sie. Ich wusste es noch. »Jetzt finde ich es langweilig, aber er will, dass ich mich schick mache, mich schick mache!«, sagte sie ungehalten. »Liebst du ihn?«, sagte ich. Sie sagte, im Spätsommer würden sie heiraten.

»Gut.«

»Was soll das heißen, gut! Du musst doch sagen: nicht gut.«

»Nicht gut.«

Sie zuckte mit den Schultern und ließ mich stehen, um in ein Geschäft zu gehen. Mir wurde klar, dass ich in meinem Leben nie wieder eine andere Frau lieben würde. Ich folgte ihr in das Geschäft. Nervös ließ sie die Kleider auf einem langen Garderobenständer Revue passieren. »Hier findet man nie etwas«, sagte sie, ohne sich um die anwesende Verkäuferin zu scheren. Dann verließ sie das Geschäft, um in den Laden nebenan zu gehen. Wir klapperten sechs oder sieben ab, bevor sie sich für ein rotes Kleid entschied, das sie für einen höllischen Preis kaufte. Sie hatte ein fingerdickes Scheckheft in der Handtasche, und in vielen Läden sahen die Verkäuferinnen mich an, während sie verlangte, dass ich sie beriet. »Dieser Nachmittag wird mich mein Leben kosten«, sagte sie lachend, »er ist furchtbar eifersüchtig!«

»Dann gehe ich mal«, sagte ich.

»Warum denn?«, sagte sie. »Ich habe keine Angst mehr zu sterben. Außerdem wäre es so romantisch!«, sagte sie, klammerte sich an meine Schulter und presste ihre Wange dagegen. »Dein Geruch«, sagte sie, »du riechst immer so gut! Ein bisschen wie dein Auto. Hast du es noch?«

»Ja«, sagte ich, während Bruchstücke des vergangenen Jahres auf mich herabzufallen begannen. Im Nu überrollte mich eine Lawine vergessener Gefühle und Erinnerungen an mein Leben mit ihr im letzten Sommer meines Lebens. Ich sagte nichts weiter, und auch sie schwieg, doch sie schien dieselben Gedanken zu haben, denn als sich unsere Hände zufällig berührten, hielten sie sich gegenseitig fest. Sie war sehr klein, ihre Hand in meiner, und sehr kalt. Die Leute um uns her hatten ihr Gesicht verloren und liefen mit einem hellen Fleck auf den Schultern herum. »Hör mal«, sagte ich, »lass uns in mein Hotel gehen und uns die Pulsadern aufschneiden.«

»Wenn wir schon in ein Hotel müssen, könnten wir ja vielleicht auch was Amüsanteres machen«, sagte sie, »wohnst du denn nicht mehr in dieser Wohnung?«

»Nein«, sagte ich, »nicht mehr. Sie war nicht mehr dieselbe.«

»Natürlich nicht«, sagte sie, »denn ich war ja nicht da.« Sie war vor einer Buchhandlung stehen geblieben. »Ich will dir was schenken«, sagte sie, »aber kein Buch. Etwas Graues, wie deine Augen.«

»Nein«, sagte ich.

»Bitte!«, sagte sie. Ich zuckte mit den Schultern, und sie schleppte mich von einem Geschäft zum nächsten, bis sie ein graues Seidenhemd gefunden hatte.

»Glaubst du, er kann sich das leisten?«

»Oh«, sagte sie, ohne das krummzunehmen, »er kann sich eine Menge leisten. Solange die Leute Bilder kaufen, jedenfalls.«

»Vor allem hässliche Bilder.«

»Ja«, sagte sie nach kurzem Nachdenken, »die sind wirklich hässlich. Aber das weiß er selbst.«

»Und glaubst du, er kann sich auch die hier leisten?«, sagte ich und wies auf eine Hose mit silbernen Schnörkeln. Es waren die kaputtesten Hosen, die ich je gesehen hatte, und sie kicherte los. »Ich glaube, er kann sich einige davon leisten«, sagte sie, »hast du was gegen die mit den roten Schnörkeln?« Ich hatte nichts gegen die mit den roten Schnörkeln, und wir kauften sie. Dann wandten wir uns einem Paar englischer Schuhe zu, zwei Dutzend chinesischer Krawatten, mit Drachen und so, und einem Paar Kardinalspantoffeln. Als wir das Geschäft verließen, waren wir schwer bepackt. Von Zeit zu Zeit verloren wir ein Päckchen, und jedes Mal gab es jemanden, der uns darauf aufmerksam machte, bis Arianna aufgebracht herumfuhr und sagte, man solle uns nicht auf die Nerven gehen, wir hätten es nicht nötig, heruntergefallene Sachen aufzuheben, wir nicht. »Ein hellblauer Smoking«, sagte sie und blieb mitten auf der Straße stehen, um einen Blick über die Dächer zu werfen, »in der Farbe des Himmels.«

»Das wird schwer«, sagte ich.

»Dann warten wir auf den Sonnenuntergang«, sagte sie, »ich habe an der Spanischen Treppe einen in Rosa gesehen. Was hältst du von einem Zigarettenetui aus schwerem Silber mit Initialen? Oder von einem goldenen Schlüsselanhänger fürs Auto«, sagte sie, »weißt du, diese schrecklichen Dinger mit Markenzeichen?«

»Hauptsache, aus Gold, sonst kommt es nicht in Gang«, sagte ich, »aber ich wäre eher für eine Pfeife.«

»Wieso eine?«, sagte sie und betrat einen Tabakladen. Wir suchten uns sieben aus, für jeden Tag der Woche eine. Bei der mit dem eingearbeiteten Stierkopfmotiv lachte sie sich aus unerklärlichen Gründen krumm und schief. »Und er?«, sagte ich, »es scheint mir unhöflich zu sein, nicht auch an ihn zu denken. Glaubst du, er kann sich eine Schachtel Zigarren leisten?«

»Zwei«, sagte sie, »werde jetzt mal nicht kleinlich.«

»Wie spät ist es?«, fragte ich auf die kleine, goldene Uhr an ihrem Handgelenk deutend.

»Sie geht ekelhaft genau«, sagte sie und verzog das Gesicht. »Auf jeden Fall ist Teatime.« Wir waren in der Nähe eines hocheleganten Teesalons, doch wir konnten in so einen Laden nicht mit den ganzen Päckchen gehen, deshalb riefen wir ein Taxi, luden es voll und schickten es zu meinem Hotel.

»Und wir können auch nicht ohne einen Dackel anständig Tee trinken gehen«, sagte ich und blieb vor dem Schaufenster einer Tierhandlung stehen, in der ein Dackel ausgestellt war.

»Ja«, sagte sie begeistert, »ich glaube, der ist hässlich genug.« Entschlossen ging sie in das Geschäft. »Geben Sie mir die kleine Ratte da«, sagte sie. Die kleine Ratte kostete ein Vermögen und hatte einen Stammbaum, der weiter zurückreichte als der eines Reichsgrafen des Heiligen Römischen Reiches. Er war nicht bedauernswerter als andere Dackel und lief uns etwas verschreckt vom Verkehr hinterher.

Der Teesalon war voller alter, juwelenbehängter Damen. Wir bestellten zwei Orangentees und sämtliche Sorten Croissants und Gebäck, die es gab. Sie hatten auch Madeleines. »Komm, wir tunken sie in den Tee«, sagte ich, »hast du *Swann* ausgelesen?«

»Ich habe den ganzen Winter nichts anderes gelesen«, sagte sie und gab dem Dackel eine, »manchmal habe ich versucht, ihm daraus vorzulesen, aber das fand er dermaßen öde!«

»Sie schmecken toll«, sagte ich und nahm mir noch eine Madeleine, »genau wie die von damals.«

»Natürlich«, sagte sie, »jetzt findet man sie bloß noch hier. Dieses Lokal ist wirklich immer noch einen Besuch wert.«

»Es werden von Tag zu Tag weniger.«

»Mein Lieber, gar zu viel gilt uns die Welt! Was wird aus uns werden?« Es war ein vertrautes Spiel. Ich sagte, ich sähe vollkommen klar. »Wir treffen uns heimlich in Teesalons, bis ich eine alte, stinkreiche Signora kennenlerne, sie umbringe, ihre Juwelen klaue und mit dir nach Wien durchbrenne.«

Sie lächelte nicht und verzog das Gesicht. »Die Alten sind auch nicht mehr das, was sie mal waren«, sagte sie, »du solltest ihn mal sehen, wenn er sich wie ein Hippie anzieht.« Sie stellte die Tasse ab. »Diese Madeleines sind ekelhaft«, sagte sie und stellte den Teller vor den Dackel, »meinst du, sie akzeptieren in diesem Saftladen einen Scheck?«

Ich rief den Kellner und wiederholte alles haarklein, von den Madeleines, dem Saftladen und dem Scheck. Er hörte sich meine Worte mit leicht zusammengepresstem Mund an, als wären sie geworfene Steine und er an einen Pfahl gebunden. Er wollte keinen Scheck akzeptieren und holte den Chef. Also bezahlten wir mit dem Dackel und machten uns unter dem gläsernen Blick der Damen aus dem Staub.

»Ah«, sagte Arianna, der Länge nach ausgestreckt auf dem Sitz des Taxis, das uns ins Hotel brachte, »seit er auf der Treppe der Villa ausgerutscht ist und sich das Bein gebrochen hat, habe ich mich nicht mehr so amüsiert.« So sprach sie, während mir durch den Kopf ging, dass es durchaus einen Gott auf der Welt gab. »Dieser Nachmittag hat so öde angefangen! Er will nie, dass ich lache, will nie, dass ich weine, ich weiß nie, was ich überhaupt bei ihm machen soll! Ich bin wirklich arm dran!« Sie war am Boden zerstört, und als ich ihr meinen Arm um die Taille legte, suchte sie Schutz an meiner Brust. »Gott, wie habe ich dich geliebt«, sagte sie heiser, »wie habe ich dich geliebt«, wiederholte sie und gab mir schnelle, leichte Küsse auf das Revers meines Jacketts.

»Das hast du immer abgestritten.«

»Ich war so dumm! Ich hatte Angst vor allem, auch vor Worten. Wo ist denn dieses Hotel?«, sagte sie, während sie mein Jackett noch immer mit kleinen Küssen übersäte.

»Ich weiß nicht, ob es dir gefällt. Es ist sehr bescheiden.«

»Oh, ich liebe bescheidene Hotels, er steigt immer in den mondänen ab. Gibt es da Nutten?«

»Sonnabends und sonntags«, sagte ich, und sie wollte wissen, was ich sonnabends und sonntags machte. Sie halte es nicht aus, nicht zu wissen, was ich sonnabends und sonntags machte, sagte sie, während sie mir ihre regenleichten Küsse auf den Mund gab. »Du hast ja einen in der Krone vom Tee«, sagte ich, »so ein Teerausch ist schrecklich.«

»Ja, ja, wenn du das sagst, wird es wohl stimmen. Oh Gott!«, sagte sie laut, »ich habe keinen Ausweis dabei. Ob sie mich trotzdem zu dir hochlassen?« Das Foyer war leer, und wir gingen die Treppe bis ins oberste Stockwerk hinauf. Das Erste, was wir sahen, als wir in mein Zimmer kamen, waren unsere aufgestapelten Päckchen auf dem Bett. Ich ging zum Fenster und öffnete es. Man sah die Dächer, die Bäume am Flussufer und die Spitzen der Kirchen. In der Ferne türmten sich schwarze Wolken am verlöschenden Himmel. Ich spürte ihre Arme um meine Brust und ihren Kopf, der sich an meinen Rücken lehnte. »Du bist dünn geworden«, sagte sie, »das merke ich erst jetzt.«

»Hast du keine Schallplatte«, fragte sie, als sie vor dem Spiegel ihr Haar löste. Ich fand eine Platte mit alten Songs vom letzten Jahr, schob sie in den tragbaren Plattenspieler, den ich aus der Wohnung über dem Tal mitgenommen hatte, und Arianna setzte sich aufs Bett, wobei sie die Päckchen auf den Boden warf. Als ich mich umdrehte, schlug sie mit der flachen Hand auf die Bettdecke. Sie lächelte. »Komm«, sagte sie und machte mir Platz, »ich will deinen Geruch spüren.« Wir legten uns nebeneinander. Sie lächelte immer noch. »Ich will dich küssen«, sagte sie, während ihr Mund an meinem Hals hinunterglitt. Ich spürte, wie ihre Finger mein Hemd aufknöpften, dann spürte ich ihren Mund auf meiner Brust, feucht und kühl. Durch das Fenster konnte ich sehen, wie der Himmel an Farbe verlor. Sie machte sich an meiner Gürtelschnalle zu schaffen. Sie öffnete sie und fing wieder an, mich zu küssen, da hob ich ihren Kopf an, schob sie weg und zog mich aus. Auch sie zog sich aus, sie warf Rock und Bluse auf den Boden. Ihr Körper zeigte noch die blassen Spuren ihres Badeanzugs. Sie sprang lachend aufs Bett. Dann lachte sie nicht mehr, ihre Stimme wurde dunkel, während sie hastig Worte raunte, die sie noch nie gesagt hatte. Ich drehte mich um und küsste sie hart auf den Mund. Nun schwieg sie, und als meine Lippen ihre Brust berührten, hielt sie still, lauschend. Dann begann sie wieder mit ihren heiseren Worten, und meine Wut verwandelte sich in die Betäubung, die ich so sehr bei ihr gesucht hatte. Sie spürte es und lachte, während sie ihren Bauch gegen meinen stieß. »Jetzt«, sagte sie hastig, »jetzt!«

Der Himmel war dunkel, als ich aufstand, um den Plattenspieler wieder anzuschalten. »Mir gefallen die Songs«, hörte ich sie sagen, »ich habe die Nase so voll von diesem verdammten Bach.« Ihre Stimme glitzerte in der Dunkelheit des Zimmers, aber etwas darin klang anders. Es war, als hörte man ein Instrument, dessen glockenheller Ton vom verborgenen Quietschen gequälter Saiten durchzogen wird. Ich ging zum Fenster. Wolken hingen über den Häusern, und ein paar

Regentropfen fielen. Die Leute in der Gasse gingen schnell, und hin und wieder war das Krachen von Rollläden zu hören, die heruntergelassen wurden.

»Es fängt an zu regnen«, sagte ich.

»Du bist traurig«, sagte Arianna, »ich fühle, dass du traurig bist.«

»Nein«, sagte ich.

»Ich bin wirklich kaputt«, sagte sie, »immer treffe ich die falschen Entscheidungen. Ich gehe jetzt nach Hause und werfe ihm seine ganzen Päckchen an den Kopf.«

»Nein«, sagte ich noch einmal.

»Warum nicht«, fragte sie mit nun zitternder Stimme.

»Das können wir uns nicht leisten«, sagte ich. Ich spürte, dass sie zu mir gehörte. Nie hatte ich so sehr gespürt, dass sie zu mir gehörte, wie in diesem Moment, als sie einem anderen gehörte. Dumm gelaufen. Ich wusste, was das hieß, nämlich dass sie nur zu mir gehören konnte, wenn sie einem anderen gehörte. Wenn auch sie ein Rest war. Sie begann zu weinen, lautlos.

»Weine nicht«, sagte ich.

»Oh, wenigstens du könntest mich das tun lassen«, sagte sie wütend. Da ging ich zu ihr und setzte mich aufs Bett. »Ich schäme mich«, sagte sie, »ich schäme mich so. Ich habe Sex wie eine Nutte.«

»Red keinen Unsinn.«

»Doch, das stimmt. Er hat mir das beigebracht, und er geht immer zu Nutten.« Ich sagte nichts. Wir waren so alt, es war so spät, alles war so schlecht gelaufen. »Graziano ist tot«, sagte ich schroff, »wusstest du das?« Da kam ein Ächzen aus der Dunkelheit, und ihre Stimme zerbrach in einem verzweifelten Schluchzen. Ich wusste sofort, dass sie nie wieder wie früher klingen würde. Das war das Einzige, was ich dachte, dass ich ihre Stimme zerbrochen hatte. Sie weinte lange und klammerte sich an meine Hand, während ich an ihre tote Stimme dachte. Allmählich beruhigte sie sich. »Ich will nach Hause«, sagte sie.

In der Gasse rauschte der Regen, als würde etwas schlagartig herunterfallen. Wir zogen uns schweigend an, während die Platte die alten Songs vom letzten Jahr vorantrieb. Als wir ins Hotelfoyer kamen, schaute der Portier nicht vom *Corriere dello Sport* auf, doch Ariannas Gesicht verhärtete sich trotzdem.

Die Straße war schon wieder getrocknet, und wir gingen schweigend zu einem Taxistand. Als wir in den Wagen stiegen, merkte ich, dass ich es nicht ertrug, mich auf diese Weise von ihr zu trennen. Ich wollte ihr etwas erklären, etwas sagen, doch auch als wir mit dem Auto mitten im Verkehr steckten und ich ihr meinen Arm um die Schulter legte, fand ich nichts, was ich ihr sagen konnte. Da ließ sie sich zurückfallen, mit dem Kopf an die Rückenlehne, todmüde. »Alles in einem Jahr«, sagte sie leise, »ein Jahr ist so kurz.« Sie schloss die Augen. »Manchmal«, sagte sie, »möchte ich zurück in die Klinik, aber diesmal würde keiner kommen, um mich abzuholen.«

»Ich würde kommen.«

»Ja. Du ja«, sagte sie. Als das Taxi endlich aus dem Verkehrsknäuel herausgefunden hatte und vor der Villa von Sant'Elia hielt, wollte sie mich nicht küssen. Sie stieg rasch aus, forsch. Sie öffnete das Tor, ich sah, wie sie die Treppe hochlief, klingelte und wartete, im Fliederduft. Sie drehte sich kein einziges Mal um. Dann ging sie hinein. Da sah ich den Taxifahrer an, der sich erkundigte, wohin wir fahren müssten. Ich war nicht weit weg vom Hotel und hatte Lust zu laufen. Also zahlte ich und machte mich zu Fuß auf den Weg. Es fielen ein paar Tropfen, und die Stadt roch nach Staub.

Am nächsten Morgen verließ ich das Haus, um zum *Corriere dello Sport* zu gehen. In der Nacht hatte es endlich geregnet, die Luft war klar und frisch. Als ich zwischen den laut hupenden Autos auf der Uferstraße feststeckte, betrachtete ich die Bäume. Sie hatten Blätter angesetzt, und ich dachte, dass bald der Sommer kommen würde und dann der Herbst und dann der Winter und dann wieder der Frühling und ewig so weiter oder jedenfalls für eine so blödsinnig lange Zeit, dass sie sich wie ewig anfühlte. Und was würde ich tun? Plötzlich wusste ich, dass es Zeit geworden war, die Segel zu setzen. Alle setzten sie, früher oder später. Regel Nummer eins, mach keine Ausnahmen von der Regel. Ich bog in die nächste freie Straße ein und fuhr zurück zum Hotel.

Ich brauchte nicht mehr als eine Stunde, um meine Koffer zu packen. Ich nahm drei mit, einen für meine Garderobe und zwei für die Bücher, von denen ich mich niemals trennte, die ich immer mitnahm, von einem Hotel zum anderen, von irgendeinem Ort zu irgendeinem anderen Ort. Da war die alte Medusa-Ausgabe von *Ulysses*, Paveses *Moby-Dick*-Übersetzung, Conrad und die Taschenbuchausgabe des *Gatsby*, vergilbt, aber noch nicht auseinandergefallen, dann *Martin Eden*, Nabokov, der alte Hem und die Gedichte von Eliot und von Thomas, *Bovary*, *Die Welt von Gestern*, Chandler und das *Alexandria-Quartett* von Durrell, Shakespeare und Tschechow. Alles in zwei Koffern.

»Immer dasselbe«, sagte ich zum Portier, der sich erkundigte, ob ich abreiste, »die Besten gehen immer zuerst.« Er half mir, mein Gepäck in den alten Alfa zu laden. Es tat ihm leid, dass ich abreiste, denn von nun an musste er sich den *Corriere dello Sport* selbst kaufen. Als Entschädigung schenkte ich ihm Ariannas sämtliche Päckchen und Pakete, die ich im Zimmer zurückgelassen hatte. Ich dachte daran, dass ich bei der Zeitung anrufen sollte, um mich von Rosario zu verabschieden, aber ich hatte keine Lust, etwas zu erklären. Ich beschloss, niemandem etwas zu sagen und lieber später zu schreiben, damit sie mir das Geld schickten, das sie mir noch schuldeten. Im Augenblick hatte ich genug für die Reise und um in der ersten Zeit über die Runden zu kommen, egal, an welchen Ort es mich verschlagen würde. Was diesen Ort betraf, hatte ich nicht die geringste Vorstellung von ihm. Ich fing an, über ihn nachzudenken, während ich aufs Geratewohl in der Stadt herumfuhr, um mich von ihr zu verabschieden. Ich hasste sie zwar nicht, spürte aber auch kein Bedauern, und das tat mir leid. Ich betrachtete die großen Treppen, die Kirchen, die Tische vor den Cafés im Freien, und nichts davon interessierte mich.

Ich fuhr auf den Raccordo Anulare. Er führte rings um die Stadt, und unterwegs las ich die Namen auf den Wegweisern, doch ein Ort war so gut wie der andere, und ich reduzierte die Auswahl auf Norden oder Süden. Ich entschied mich nur für den Süden, weil dort die Sonne schien und ich am Meer entlangfahren konnte wie damals, als ich die gleiche Reise gemacht hatte, um Arianna abzuholen. Ich fuhr, bis die Pfeile mit der Aufschrift *Rom* immer seltener wurden, dann hielt ich an, um zu tanken. Die Landschaft war anders. Ich hatte sie sonnenverbrannt erlebt, und nun war sie grün, weich, prall. Ein herrlicher Morgen für eine Reise. Je dichter ich ans Meer kam, umso milder wurde das Klima, und irgendwann kurbelte ich alle Fenster herunter. Als es endlich erschien, das Meer, dachte ich, dass ein Bad in der Bucht mit der Festung nicht schlecht wäre.

Eine Stunde später tauchte sie vor mir auf, wundervoll. Sie war noch größer und verlassener, als ich sie in Erinnerung hatte. Es musste eine Sturmflut gegeben haben, denn auf dem Sand blitzten Strandgut und schwarze Baumstücke in der Sonne auf. Zu meiner Rechten ragte dunkel die Sarazenenfestung auf, und von einem hartblauen Himmel hoben sich scharf die felsigen Berge ab. Ich ließ den alten Alfa stehen und ging durch das Buschwerk. Der Strand war übersät mit Obstkisten, losen Brettern, Blechdosen und zahllosen verrotteten Blumen. Ich kam zum Wasser. Es war nicht kalt. Also kehrte ich zum alten Alfa zurück und zog mich aus. Als ich mir das Hemd über den Kopf zog, wurde mir klar, dass dies der schönste Ort war, den ich je gesehen hatte, und dass ich nirgendwohin fuhr, dass ich nirgendwohin fahren konnte außer hierher. Ich setzte mich ins Auto, zündete mir eine Zigarette an und rauchte, wobei ich darüber nachdachte, wie das Einzige, was ich noch tun konnte, zu bewerkstelligen sei.

Das Schwierigste war, mich vom Schwimmen abzuhalten. Ich dachte sofort an die Koffer. Die mit den Büchern waren verdammt schwer, ich konnte sie nur einzeln zum Spülsaum tragen. Im Kofferraum des alten Alfa suchte ich nach zwei Seilen. Ich fand nur eines, konnte es aber zerteilen, indem ich es am Kotflügel durchscheuerte. Ich war kurz davor, die Autotüren zu schließen, als mir einfiel, dass ich es nicht in Badehose tun wollte. Ich kramte in meinem Kleiderkoffer und nahm den weißen Anzug heraus, zog ihn direkt auf die Haut, krempelte die Hosen hoch und ging zum Strand runter. Ich hatte einige Mühe, mir den zweiten Koffer ans andere Handgelenk zu binden, aber ich behalf mich mit den Zähnen und schaffte es. Ich versuchte, sie anzuheben. Sie waren bleischwer, sie sollten ja auch bleischwer sein, sonst hätten sie ihren Zweck nicht erfüllt oder das Ganze mühsamer gemacht. Ich ging hinein. Das Wasser an meinen Fersen war kühl. Ich betrachtete die Bucht, die beiden großen Arme der Bucht, die in der Sonne verschwammen. Ich war am Ende, was das angeht.

Das war's.

Wie gesagt, ich bin auf niemanden sauer, ich hatte meine Karten, und ich habe sie gespielt. Keiner hat mich gezwungen. Bereuen tue ich nichts. Manchmal überlege ich, wie mein Leben wohl gewesen wäre, wenn ich an dem Morgen, als alles begann, nicht in den Regen gekommen wäre, oder wenn ich Geld in der Tasche gehabt hätte und so weiter, doch ich kann mir nichts Bestimmtes vorstellen. Ich denke an meine, an unsere Stadt, das ja, und ich denke an die Bäume an der Uferstraße und an die Spitzen der Kirchen vor dem Himmel. Ich denke an Grazianos Film und an die Zettel, die Arianna in dem Versuch an die Tür gepinnt hatte, ihren Tagen eine Ordnung zu geben, ich denke an meine Jugend, die vorbei ist, und an das Alter, das ich nicht erreiche. Ich denke an alles, was nicht vollbracht ist, an totgeborene Kinder, an Engel, an nur geträumte Liebesgeschichten, an vom Morgengrauen zerschlagene Träume, und ich denke an die für immer gestorbenen Dinge, an Völkermorde, an gefällte Bäume, an ausgerottete Wale und an alle vernichteten Arten. Ich denke an den ersten Fisch, der das Abfließen der Wasser überlebte, zappelnd und uns erzeugend. Ich denke, alles strebt zum Meer. Zum Meer, das alles aufnimmt, all die Dinge, die nie geboren werden konnten, und die für immer gestorbenen. Ich denke an den Tag, an dem sich der Himmel auftun wird und sie, zum ersten Mal oder erneut, ihre Daseinsberechtigung erlangen.

NACHBEMERKUNG
DES ITALIENISCHEN
VERLAGS

Der vorliegende Roman ist im Laufe der Jahre zu einem Kultbuch geworden und hat eine geradezu einzigartige Editionsgeschichte. Nachdem er 1973 mit dem Premio Inedito ausgezeichnet worden war und Garzanti in nur einem Sommer 17 000 Exemplare verkauft hatte, verschwand er aus den Buchläden und wurde drei Generationen lang unter den Erforschern von Flohmarktständen und Antiquariaten diskutiert. Er war Thema von Diplomarbeiten und wurde in kleinen Lesezirkeln besprochen, deren Mitglieder ihn untereinander eifrig weitergaben, bis er 2010 mit einem großen Presseecho, das auf seine spektakuläre Wiederentdeckung aufmerksam machte, von Aragno neu aufgelegt wurde. Nachdem auch diese Auflage vergriffen war, ging die Suche nach dem Buch im Internet weiter, wo es bald unauffindbar wurde. Daher hat sich als dritter Verlag in dreiundvierzig Jahren nun Bompiani zu einer Veröffentlichung entschlossen, um es erneut aus der Versenkung zu holen.